ロンドンの劇場文化

英国近代演劇史

英米文化学会●編
藤岡阿由未●監修
門野泉　藤野早苗　赤井朋子　蒔田裕美　西尾洋子●著

朝日出版社

目次

序論

藤岡　阿由未

二〇一二年、ロンドン五輪の開会式と閉会式では、ともにシェイクスピアの『テンペスト』をベースとしたパフォーマンスが行われ、劇中の「不思議の島」になぞらえた英国が多文化国家であることを印象づけた。と同時に、発信の手段をシェイクスピアに託したことにより、演劇が英国文化において欠くことのできない重要な一部として発展し現在に至ったことをも例証したと言えるだろう。

英国演劇研究においては、シェイクスピアをはじめとする戯曲研究が、長らくその中心とされてきた。それゆえに、シェイクスピアを含むエリザベス朝の劇作家はもちろん、ジョン・オズボーンなどの、いわゆる「キッチン・シンク派」以降の現代戯曲研究が日本でも顕著な成果を生むことになったのは、周知のとおりである。

しかしながら、現代演劇の理論と実践は急速に変化を遂げ、今や演劇は必ずしも戯曲上演には限定されていない。エリカ・フィッシャー＝リヒテが「パフォーマンス的転回」と指摘したように、一九六〇年代の前衛芸術が現れたことにより、従来の戯曲作品の〈再現／代行〉としてではなく、上演をパフォーマーの〈現前〉と捉える方向へシフトしたことが、演劇研究全体へ与えた影響は少なくなかった。つまり、戯曲ではなく上演そのものが読み解くべきテクストとなって立ち現れたのである。

こういった状況に呼応して、昨今の演劇研究においては、戯曲よりも上演が研究対象とされることが圧倒的に増えてきた。研究動向の変化を受けて、欧米の英国演劇史の分野でもまた、上演を視野に入れた研究が進められている。特に、「戯曲不作の時期」と言われ戯曲研究では注目を浴びなかった英国近代演劇については、上演の点から照射したとき、その演劇文化の豊潤さが明らかになったのである。

もちろん早い段階から、アラダイス・ニコルによる『英国演劇』が戯曲作品と上演の両方を網羅的に俯瞰して見せたように、いくらかの蓄積はあった。一方で、それらを基礎としつつも他方では演劇研究の動向の変化に応じて一九九〇年代以降に続々と研究書が刊行されていく。そのなかで、例えばピーター・ホランドが監修を務める「英国演劇史再構築シリーズ」のひとつ、『パフォーミング・センチュリー』は、近年の英国近代演劇史研究をひとまず総括した感さえある。同書では上演そのものをテクストとして、シェイクスピアからミュージック・ホール、パントマイム、ヴァラエティ、サーカスまで、あらゆる上演を等価に扱うところに特色があると言えるだろう。しかし翻って日本ではというと、上演を中心とした英国近代演劇研究が今のところ豊富とは言えず、研究書もほとんど刊行されていないのが現状である。そういった状況をふまえて、上演の観点から十九世紀末から二十世紀初頭の英国近代演劇を再考することを目的に、二〇一一年に英米文化学会分科会として共同研究が始まり、本書はその成果である。

とりわけこの時期を扱う理由は、何と言っても、戯曲上演のみならず多様なエンターテイメントを生んだ豊かな演劇文化の開花にある。帝国と呼ばれた英国の首都ロンドンは、いち早く地下鉄が開通し、デパートやレストランが立ち並び、多くの外国人が行き来し、ヨーロッパでもっとも活気のあるコスモポリタン・シティとなっていた。ロンドンを訪れた外国人のなかには日本の演劇人、文学者、ジャーナリストなどが含まれることは言うまでもない。ロンドンには次々に新しい劇場が開場し、史上もっとも多い数の劇場が出現して、演劇はもはや産業の一つになりつつあった。テレビやラジオやコンピュータはもちろん不在であるし、映画もまだ社会へ浸透していなかったこの時期、演劇は実にさまざまな役割を担っていた。観客にとって演劇は、政治や社会の動向を知るメディアであり、時には芸術上、哲学上の深遠な問題に向き合う手段であり、そしてハラハラドキドキし、笑い、涙し、楽しむエンターテイメントでもあったのである。本書では、前述の『パフォーミング・センチュリー』をはじめとする英国近代演劇の先行研究の数々の恩恵を受けて、高尚な芸術から場末のエンターテイメントまでの多様なジャンルを等価として、並置しようと試みた。

すでに述べたように本書は上演研究を目的としているから、その対象にはまず、上演台本、興行主、演出家、振付家、俳優、ダンサー、パフォーマー、舞台美術家など作り手の仕事が含まれる。その一方で、研究射程域には舞台面のありようのみならず、当然ながら観客の受容をも含むことになるだろう。

小説家セント・ジョン・アドコックは一九〇一年、ロンドンの劇場へ集う観客を次のように描写した。「男と女、そして子どもたち、上流階級から下層階級まで入り混じった観客が、ゲイアティ劇場、ライシアム劇場、ティボリ劇場、クライテリオン劇場、ハー・マジェスティーズ劇場、それからチャーリングクロス・ロード近辺から途切れることなく、どんどん出てくる。膨れ上がった観客の集団に、ピットやギャラリーのドアから出てきた人々が合流し、歩行者とキャブと辻馬車と乗り合いバスでこの周辺はいっぱいである。昼間よりも夜のほうがずっと混み合っていて、乗り物はいっそう迅速に行き交っている」（十一 - 十二）。このように毎夜ロンドンに現れる観客の群れを、いったいどのように捉えられるだろうか。どこから来てどこへ向かうかわからない都市の観客の考察は、当然ながら容易ではない。しかし活況を呈したロンドンの劇場文化を考察するとき、観客への眼差しを抜きにするわけにはいかないのである。

そこで、本書が一歩すすめようとする点は、劇場をキーワードとした編集である。当時のロンドンの劇場は、例えば劇場名を冠する「サヴォイ・オペラ」というジャンルを生み出すほど、それぞれの劇場が特色ある演劇創造の拠点として存立していた。個々の劇場がジャンルをけん引する特質を備えるとするなら、劇場には、ある一定の観客層がいるとは考えられないだろうか。創造の拠点としての劇場空間に注目すると、観客の受容もまたいくらか垣間見えるのである。

このようなアプローチによって、舞台上の実践のみならず、劇場の中へ浸透する外部の文化―変容するヴィクトリア朝の伝統、異文化が交錯する様相、階級意識の変化など―との緊密な関連が現れてくるだろう。そして個々の劇場を考察しながら、包括的には当時のロンドンの劇場文化全体をも焙り出すことができれば、という期待もある。本書『ロンドンの劇場文化―英国近代演劇史―』が意図するのは、おおむね以上のようなものである。

本書は、劇場名をタイトルとする七章により構成され、六名の執筆者が各章を担当した。執筆者一同、共通して心がけたのは、研究書としてのみならず、日本の一般読者向けの読み物としても可能な限り魅力的な本づくりである。まずはわかりやすい文章表現を心がけ、専門用語は各章で説明し、人名などのカタカナは英語の発音を重視するのではなく日本語として広く受容されているものを採用している。作品の初演年や人物の生没年については、年号の羅列は避け、本文の主旨に関わる部分のみに限定し、読みやすさを優先した。また巻頭には、今は存在しない劇場を含めて本文中に登場する二十世紀初頭のロンドンの劇場地図を掲載し、それぞれの劇場がロンドンの都市空間においてどのような位置にあり、どのような意味をもったかを視覚的に示している。右の方針はすべて、本書によっていくらかの情報を得て、現在のロンドンの劇場を訪れる読者の方にいっそう観劇を愉しんでいただきたいという願いからである。もちろん、現地を訪れなくとも、本の中の観劇もまた心愉しいものである。各章の第一節をすべて劇場名としたのは、その劇場空間に堆積する特有の時間の層を提示し、現代の読者を当時へといざなう意図が込められている。そして各章が扱う劇場は、当時の英国演劇界にとって欠くことのできない特色をもつ創造拠点であり、その点をふまえて演劇研究上の問いをそれぞれ考察している。

十九世紀末から二十世紀初頭までの英国演劇を時系列で概観するための章立てのスタートは、1章「ライシアム劇場」である。ここでは、アクター・マネージャー、ヘンリー・アーヴィングによる十九世紀末のシェイクスピア・シリーズを扱う。通常、アーヴィングのシェイクスピア・シリーズは、革新派に対置される伝統的な上演としての見方が多いのではないだろうか。しかし本章は、ヴィクトリア朝の観客、メロドラマの流行を視野に入れ、アーヴィングの経歴をふまえてシェイクスピア・シリーズ自体の革新性を論じている。続く2章も同じく、十九世紀末の時期を扱う「セント・ジェイムズ劇場」である。オスカー・ワイルド、ヘンリー・ジェイムズなどの戯曲上演を企画したアクター・マネージャー、ジョージ・アレキサンダーの仕事を軸に、英国の伝統、風習喜劇とフランス由来のウェルメイド・プレイの混淆が、いかにロンドンの上流階級の文化と近接したかまでも透かしみせている。3章は十九世紀末に圧倒的人気を博したエンターテイメント、パントマイムの拠点「ドゥルリー・レーン劇場」である。ここではミュージック・ホール出身の女装の芸人で国民的スターのダン・リーノを中心に、さまざまな要素が混在するパントマイムの魅力について、ファミリーの観客の出現との関連において分析した。そして4章は、現在は新人劇作家の登竜門として名高い「ロイヤル・コート劇場」である。ここでは二十世紀初頭におけるこの劇場のシーズンを、近代演劇運動の帰結ではなく、ハーリー・グランヴィル・バーカーの「国立劇場構想」との関連において捉え、観客受容においてどのような想像力が働いたかを論じている。5章は、一九〇四年に開場した「ロンドン・コリシーアム」を中心に、正規劇の劇場とは異なるライセンスのヴァラエティ劇場の繁栄に着目している。一幕物の戯曲上演、クラシックの演奏、あるいは曲芸や手品などが同じ舞台で上演されるという文字通りの「ヴァラエティ」を分析し、そのジャンルをロンドン郊外の新しい観客層と関連させせつつ考察した。「ロイヤル・オペラ・ハウス」について扱う6章では、クラシック・バレエがほとんど上演されなかった英国で、モダニズムの波とともに訪れたバレエ・リュスのロンドン公演が、英国のクラシック・バレエへもたらした影響力の大きさを示して見せている。そして7章「オールド・ヴィック劇場」では、のちに国立劇場の本拠地となる前段階として、基礎を作った二人の女性マネージャー、エマ・コンズ、リリアン・ベイリスに焦点をあてる。とりわけ一九一四年から始まるシェイクスピア全集（Ｆ１）の上演を考察し、彼女たちが演劇人の育成のみならずコミュニティをいかに育んだかを明らかにした。

このように創造拠点としての劇場について論じた章立ての一方で、章のタイトルとはならなかった劇場のいくつかは、コラムとして短く紹介することにした。ここで扱った劇場は、「サドラーズ・ウエルズ劇場」「ヘイマーケット劇場」「ハー・マジェスティーズ劇場」「パレス劇場」「サヴォイ劇場」である。また、同様に劇場の建物を持たなかったものの、この時期の重要な創造拠点として「アマチュアリズムというオルタナティブ」および「シェイクスピア・フェスティバル」もコラムとしてまとめた。

以上のような章立てが、当時のロンドンの劇場文化の豊潤さのすべてを解き明かしているとは、もちろん言えないだろう。残念ながら本書に含むことのできなかった重要な点がいくつかある。例えば音楽劇の文脈については、「サヴォイ・オペラ」はコラムで触れているが、「ミュージカル・コメディ」については取り上げていない。また、大衆芸能の「ミンストレル・ショー」「サーカス」、そしてイースト・エンドのエンターテイメントや移民グループの上演などにも言及していない。そして本書が扱ったジャンルについても、その後の演劇の発展にいったいどのような影響を与えたと言えるのか――ざっと見渡してみても、今後の研究課題は間違いなく山積している。しかしながら、十九世紀末から二十世紀初頭の『ロンドンの劇場文化』の少なくともその一端については、本書によっていくらかでも明らかになっていれば幸いである。

* * *

参考文献

エリカ・フィッシャー＝リヒテ著、中島裕昭他訳『パフォーマンスの美学』論創社、二〇〇九年.

St. Adcock, John, 'Leaving the London Theatres,' in G.R. Sims (ed.), *Living London*. Kight, 1901.

Ed. Davis, Tracy C. Peter Holland. *The Performing Century*, Palgrave Macmillan, 2007.

Nicoll, Allardyce. *English Drama 1900-1930*. Cambridge U.P., 1973.

本書に登場するロンドンの劇場

Map1

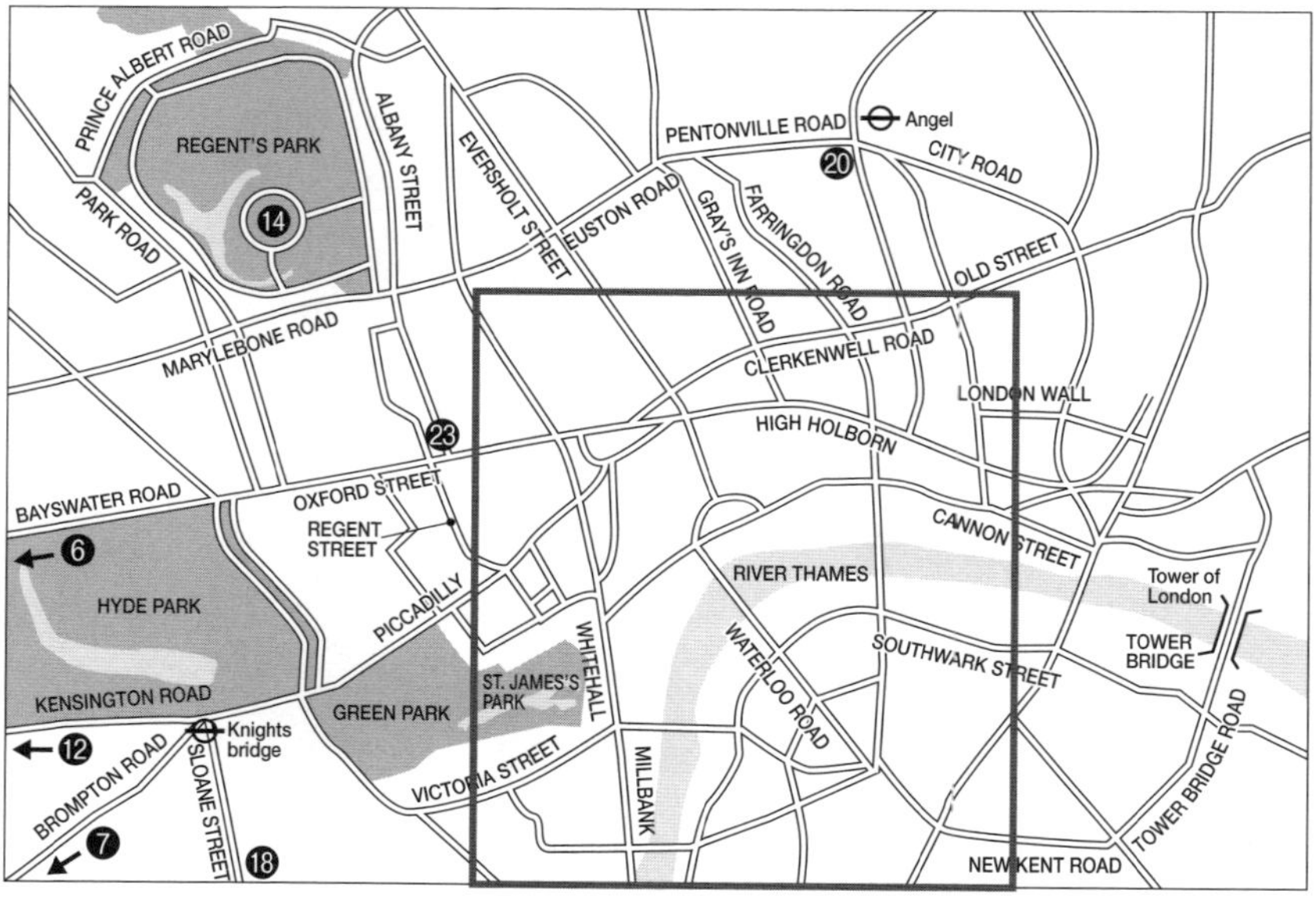

❶ Adelphi Theatre [1, 2]
❷ Alhambra [5, 6]
❸ Criterion Theatre & Restaurant [4]
❹ Duke of York's Theatre [3, 5]
❺ Empire [5]
❻ Gate Theatre [4c]
❼ Granville Theatre [3] (1956 closed)
❽ Her Majesty's Theatre [3c, 6]
❾ Hippodrome [5]
❿ London Coliseum [5, 6]
⓫ Lyceum Theatre [1, 2, 7]
⓬ Lyric Hammersmith [4c]
⓭ Old Vic Theatre [4, 7]
⓮ Open Air Theatre, Regent's Park [3]
⓯ Palace Theatre [5c]
⓰ Prince of Wales Theatre [6]
⓱ Princess's Theatre [1] (1902 closed)
⓲ Royal Court Theatre [2, 4]
⓳ Royal Opera House [6]
⓴ Sadler's Wells Theatre [1, 1c, 6, 7]
㉑ Savoy Theatre [4, 6c]
㉒ Shakespeare's Globe [4, 7]
㉓ St. George's Hall [1] (1966 closed)
㉔ St. James Theatre [1, 2, 5] (1954 closed)
㉕ Theatre Royal, Drury Lane [3, 5, 6]
㉖ Theatre Royal, Haymarket [2c, 5, 6]
㉗ Wyndham's Theatre [2]

（[ ]内の数字は本書の章番号を、c はコラムを表す。）

Map 2

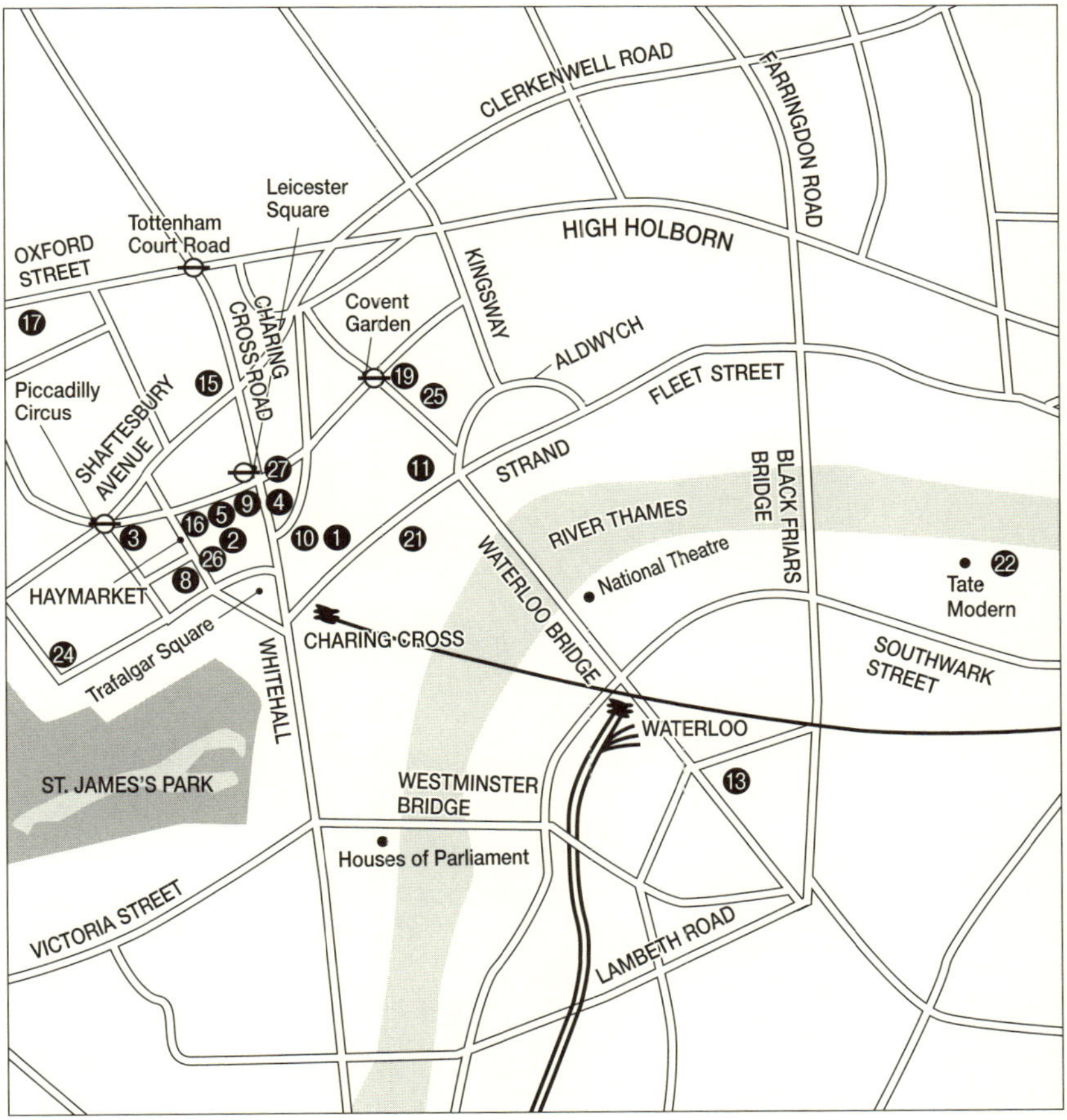

Underground Station
Rail Station

1 章

ライシアム劇場

―革新的なシェイクスピア上演―

門野 泉

ライシアム劇場（2013年10月撮影）

1　ライシアム劇場

二〇〇六年二月十三日、サー・ヘンリー・アーヴィング（一八三八‐一九〇五）没後百年を祝う記念式典がライシアム劇場で開催された。アーヴィングは、一八九五年、演劇界での多大な貢献を果たした功績によって俳優として英国初のナイトの称号を与えられたヴィクトリア朝後期を代表する演劇人である。シェイクスピア劇の普及および演劇と俳優の社会的地位向上に生涯を捧げたアーヴィングの記念式典には、演劇界を代表する俳優や演出家など錚々《そうそう》たる演劇関係者が参列した。シェイクスピア俳優のドナルド・シンデンが司会に立ち、舞台や映画で活躍するイアン・マッケランがアーヴィングを称えるスピーチを行った後、記念銘板の除幕式となった。引き続き、アーヴィングの出世作であり代表作『ベル』（一八七一）が、ロイ・マーズデン演出、スティーヴン・バーコフ主演によりリーディング上演され、記念式典に花を添えたのである。没後百年の記念式典を彩った『ベル』は、アーヴィングが活躍したライシアム劇場の黄金時代を彷彿《ほうふつ》とさせる上演であった。

ウエストエンドの劇場街にあるライシアム劇場は、十八世紀の創設以来、火災、破産を繰り返し数奇な運命をたどってきた。約二千人の観客を収容する劇場は、ロンドン中心部ストランドから少し入ったウエリントン・ストリートに建ち、その正面入口に屹立する威風堂々とした六本の円柱が劇場に風格を添える。正面のストランド寄りの壁には現在の建物の創建年一八三四の数字が記され、劇場背後のバーリー・ストリート側の壁にライシアム劇場の黄金時代を築いた三人の功労者、俳優ヘンリー・アーヴィング、女優エレン・テリー（一八四七 - 一九二八）、劇場運営実務担当マネージャー、ブラム・ストーカー（一八四七 - 一九一二）の名前が刻まれ、劇場の歴史を物語っている。

劇場の起源をたどると、一七六五年にジェイムズ・ペインが設計した多目的ホールにまでさかのぼる。ウエリントン・ストリートの造成に伴い、一八一六年、元の劇場敷地に隣接する現在の地に新ライシアム劇場が建設された。一八三三年にこの劇場は火災で全焼したが、翌一八三四年に再建されてロイヤル・ライシアム英国オペラ劇場の名称で開場した。その後も火災や破産を繰り返したため、一部では「呪われた劇場」（ローレンス・アーヴィング　一八三三）と噂されていた。一八七一年に、この「呪われた劇場」と長期賃貸契約を交わしたのは、アメリカ人ヘジカイァ・ベイトマンであった。「呪い」は契約後も続き、末娘イザベル・ベイトマンを軸にした公演がことごとく失敗し、経営危機に直面した。そこで、起死回生の策として、新進気鋭の俳優ヘンリー・アーヴィングを招聘したのである。ライシアム劇場の「呪い」が解けたのは、ベイトマンの予想外の成り行きによるものだった。アーヴィングの強い要請を断り切れず、ベイトマンが不承不承上演を許可した『ベル』の大ヒットにより、劇場は存亡の危機を脱したのである。ベイトマンの死後、一八七八年にアーヴィングがライシアム劇場のアクター・マネージャーに就任し、アーヴィング時代の幕が開いた。

十九世紀の英国演劇界を特徴づけたアクター・マネージャーとは、一般的に座頭格の俳優が就任し、劇場の演目、演出、配役、舞台装置など制作全体の権限のみならず、経営を含む劇場運営全般の決定権をもつ劇場の顔である。アクター・マネージャーを引き立てる演目を揃え、演劇観や経営方針が劇場の個性を生む利点がある反面、アクター・マネージャー中心のワンマン公演に陥る弊害も指摘される。

アーヴィング時代が終焉を迎えると、ライシアム劇場は一九〇二年に閉鎖されてミュージック・ホールとして再開した。一九〇四年、劇場の正面と背面を残してアーヴィング時代の劇場内部は完全に取り壊され、ロココ調に改築されたのである。改築後の劇場はミュージック・ホールやヴァラエティに使用され、取り壊しの危機に瀕したこともあったが、一九七三年に歴史的建造物として文化財「グレード二」の指定を受け、一九九一年、長期改修工事に着工した。一九九六年十月、風格ある劇場正面を保持し、ロココ調の華麗な内装を修復したライシアム劇場が美しくよみがえった。落成記念公演にはアンドリュー・ロイド＝ウェーバー作曲のミュージカル『ジーザス・クライスト・スーパースター』が上演され、以後、ミュージカル劇場として賑わいをみせている。

本章では、十九世紀後半、アーヴィングがアクター・マネージャーを務めた時期のライシアム劇場のシェイクスピア上演に焦点を絞り、劇場の理念や特徴が上演にいかに反映されたかを探ってみたい。シェイクスピア上演史を振り返ると、一六六〇年の王政復古以降は改作や大幅カット版上演が慣習化し、原作上演が一般化するまでには長い道程があった。アーヴィング時代の十九世紀後半は、大幅カット版シェイクスピア上演から原作上演への過渡期に当たる。シェイクスピア上演形態が推移する渦の中で、当時、革新的と言われたライシアム劇場のシェイクスピア上演の意義と問題点を解き明かすことにしよう。

2　アクター・マネージャー、アーヴィングの理念と実践

一八七八年、ライシアム劇場のアクター・マネージャーに就任したアーヴィングは、ライシアム劇場を演劇の芸術性向上とシェイクスピア劇普及の理念を実践する場とした。彼の理念と実践を理解するために、まずヴィクトリア朝の時代精神や演劇観に触れておきたい。

英国は、ヴィクトリア女王の六十四年間の治世に大きな変化を遂げ、伝統的な地主階級とは異なる新富裕層のミドルクラスが隆盛となった。サミュエル・スマイルズは、一八五九年に出版した『自助論』で自助努力を提唱し、より高い地位、より豊かな生活を求め、地位を誇示するリスペクタビリティ崇拝の意識が高まったのである。ミドルクラスは上流階級の生活様式を模倣し、余暇の余裕を得た労働者階級も、さらに上の生活を目指してモラルや世間体に気を配り体面を気にする時代であった。上流階級は余暇としてオペラを鑑賞し、ミドルクラスは演劇よりも読書を楽しみ、労働者階級は大衆的な娯楽をミュージック・ホールやヴァラエティに求める傾向がみられた。さらに、教会関係者の中には演劇を不道徳とみなす向きも多かった。俳優や演劇への偏見が色濃く残る時代に、アーヴィングは演劇の芸術性を高め、演劇と俳優の地位向上に努めたのである。

アクター・マネージャーのアーヴィングが主役兼演出家として舞台の采配に集中するには、広報、渉外、財務など劇場経営の実務全般を司るマネージャー代理（acting manager）の存在が不可欠だった。そこで、重要な任務を演劇評論家ブラム・ストーカーに託した。今日では、一八九七年に出版し

『オリヴィア』のアーヴィング
とエレン・テリー
所蔵V & A Museum Theatre Collections

た『ドラキュラ』の作者として知られているが、ストーカーは巧みな広報戦略を展開し、アーヴィングの理念実現に不可欠な存在としてライシアム劇場の発展に寄与した。アーヴィングはエレン・テリーを相手役に迎え、新体制の基盤を盤石にしたのである。

アクター・マネージャーの第一の任務は、老朽化した劇場を改修することであった。ミドルクラスや上流階級の観客向けに客席の居住性の向上と劇場設備の改善を図るために、開場公演のリハーサル費用を含めて総額一万二千ポンドもの巨費を投じたのである（ローレンス・アーヴィング　三一二）。アーヴィングは、劇場設備の中でも特に舞台を華やかに彩る照明設備を重視し、最新のガス照明設備を導入した。当時の劇場は、一つのガス源で舞台と客席全体の照明をまかなうのが一般的だった。ところが、ライシアム劇場では上演に支障をきたさないようにガス源を二つに分け、劇場内のライム・ライトとガス・ライトを合図一つで操作可能な最新鋭の照明設備を設置した（ストーカー　一〇三）。ライシアム劇場は劇場照明の画期的な改革に先鞭をつけ、上演中、観客席を暗く保ち、舞台にのみ照明を当てて演出効果を高めたのである。二十世紀以降、劇場照明の重要性が認識されたが、アーヴィングは最先端の照明技術を演出に生かした先駆的演劇人であった。

第二の取り組みは、人材育成である。アーヴィングは独学で演技を身につけた苦い経験から、演技の指導と人材育成の重要性を認識していた。当時、一般的ではなかった入念なリハーサルを実践したのは、舞台のアンサンブルを重視したアーヴィングの方針による。俳優のみならず、舞台装置、音楽、照明などの舞台関係者の人材育成に力を注ぎ、舞台全般における質の向上を図った。ライシアム劇場は優れた演劇人を輩出したが、最大の成果は女優エレン・テリーであろう。アーヴィングが相手役に抜擢した時、美貌の喜劇女優に過ぎなかったエレン・テリーは、「最初の十年の記憶は仕事の一言に尽きる」（テリー『私の人生の物語』一〇二）と回想しているように、完璧主義者のアーヴィングの厳しい要求に応えて芸域を広げ、時にはアーヴィングの娘役として、時には恋人役として、約二十年間、ライシアム劇場の主演女優を務め、遂には英国を代表する女優となったのである。

ライシアム劇場では、アーヴィングの主役が前提であったため、男優はライシアム劇場で力をつけると他の劇場に活躍の場を求めた。アデルフィ劇場のメロドラマで活躍したウィリアム・テリス、ハムレットの演技で名高いジョンストン・フォーブス＝ロバートソン、一九〇〇年に『ハムレット』の原作完全上演を実現したフランク・ベンソン、メロドラマやシェイクスピア劇の主役として活躍したジョン・マーティン＝ハーヴェイ、セント・ジェイムズ劇場のアクター・マネージャーとして活躍したジョージ・アレキサンダーなど、数多くの俳優が巣立っていった。アーヴィングの薫陶を受けた人物の中には異色の存在も見受けられる。後に劇作家になったアーサー・ピネロは、当初、俳優だったが、アーヴィングの助言で劇作家に転向し、特異な才能を開花させた。エレン・テリーの息子エドワード・ゴードン・クレイグは幼年時からアーヴィングを間近にみて成長し、俳優としてライシアムの舞台にも立った。やがて舞台装置や劇場美術に方向を転じて反リアリズムの舞台美術家として名を成したばかりでなく、演劇理論家としての著作も多い。このように、ライシアム劇場を巣立っていった「卒業生」たちは新たな場で才能を開花させ、英国演劇界を支えたのである。

第三は、演劇を大衆的な娯楽から芸術の域に高め、演劇と俳優の社会的地位向上を目指したことであろう。ヴィクトリア朝のモラルやリスペクタビリティを重視する観客層を考慮して質の高い戯曲を慎重に選別し、芸術の香り高いメロドラマやシェイクスピア劇を世に送った。『マクベス』（一六〇六）[1]や『オリヴィア』の音楽はサヴォイ・オペラで有名な作曲家アーサー・サリヴァンに委嘱し、『アーサー王』では舞台の背景画や衣装を画家としてもデザイナーとしても名高いエドワード・バーン＝ジョーンズに依頼、『シンベリン』（一六〇九）では舞台デザインや舞台の背景画を歴史絵画で著名な画家ローレンス・アルマ＝タデマに一任するなど、一流の人材を起用したことでも知られている。質の高い戯曲、華麗な照明、美術品のような見事な舞台装置、魅惑的な音楽を融合させた美的統一感ある舞台は、総合芸術としての演劇を強く印象づけた。ライシアム劇場は英国の代表的な劇場とみなされ、エドワード皇太子夫妻、グラッドストーン首相をはじめ国内外の名士や文化人が集う場となったのである。一八八九年には皇太子夫妻主催のヴィクトリア女王のための御前公演をサンドリンガム宮殿で上演し、一八九三年にはヴィクトリア女王主催の御前公演をウィンザー城で上演する栄誉を与えられ、演劇が王室はじめ上流階級の娯楽であることをアピールした。

最後に、大規模なツアーによる演劇普及活動を挙げておきたい。他の劇場でも地方公演は活発だったが、ライシアム劇場のツアーの規模と内容は特筆すべきものであった。整備された鉄道網を活用し、芸術作品のような舞台背景や舞台装置、豪華な衣装から大がかりなガス照明装置に至るまで大量の機材を各地の劇場に運搬し、ロンドンと同規模の公演を行ったのである。地方の舞台に合わせるために、その公演のためだけに背景画家に舞台背景を描かせてライシアムの舞台を再現する労もいとわなかった（ブリアトン　四〇）。ライシアム劇場のツアーは、地方の劇場や劇団に刺激を与えたのみならず、全国に目の肥えた観客層を育成するのに寄与したと言えるだろう。

精力的な国内ツアーは海外ツアーへと発展し、一八八三年から一八九九年まで合計六回、数か月に及ぶ大規模な北米ツアーを実施したのである。北米ではメロドラマよりもシェイクスピア劇の人気が高く、ライシアム劇場のダイナミックな演出が評判になった。ツアーでは、長距離の移動や劇場設備の違いや北米の批評家や観客の反応などに戸惑うことも多かったが、ライシアム劇場の一行は華麗な公演で行く先々の観客を魅了した。北米ツアーは劇場に莫大な利益をもたらしたばかりでなく、国際交流の格好の場となったのである。

3　革新的シェイクスピアへの布石―メロドラマ『ベル』

アーヴィングは、メロドラマ『ベル』の上演をベイトマンとの契約条件に含めるほど、『ベル』に期するものがあった。ここで述べるメロドラマとは、今日の「感傷的な劇」を指すのではなく、ヴィクトリア朝を代表する演劇ジャンルのことである。メロドラマはギリシャ語の歌を意味する〈melos〉と動作を意味する〈drama〉とを語源とし、挿入音楽を扇情的に用いる劇を示す。英国のメロドラマは、ヨーロッパで流行した感傷的な筋のメロドラマの翻案劇が多かった。その結果、メロドラマのジャンルが廃れた後、感傷的な劇を「メロドラマ」と呼ぶようになったのである。

一八七一年十一月にライシアム劇場で初演された『ベル』は、人間の良心の呵責と心理的葛藤をテーマにし、従来のメロドラマ観を打ち破る革新的な作品だった。アーヴィングは『ベル』で成功を収めた手法をシェイクスピア劇に応用し、伝統的なシェイクスピア上演に清新な風を吹き込んだ『ハムレット』（一六〇一）を世に問うた。この意味で、『ベル』は『ハムレット』に始まる革新的な「ライシアム・シェイクスピア」制作の布石となった作品である。では、アーヴィングのシェイクスピア劇の基盤となったメロドラマ『ベル』の革新性とは、いったいどのようなものだったのか。その革新性を解析し、『ベル』から「ライシアム・シェイクスピア」に至る革新の道をたどってみよう。

『ベル』の成功には三つの要因が考えられる。第一に、扇情的な音楽と感傷的な筋の多かったメロドラマにヴィクトリア朝の倫理観を反映させ、ストレートプレイが扱うモラルの問題を取り上げてメロドラマの質を向上させたことである。堅実なヴィクトリア女王を模範とし、社会全体が健全な家庭とキリスト教に則ったモラルを尊重した時代に、アーヴィングはミドルクラスや敬虔なキリスト教徒を満足させる罪の意識をテーマにしたメロドラマに挑戦した。フランスの翻案メロドラマの上演台本を大幅に手直しし、主人公を罪の暴露を恐れる悪人から良心の呵責に苦しみ破滅する人間に書き換え、モラルの問題にメロドラマの娯楽性を融合させた新機軸のメロドラマを創造したのである。革新的なメロドラマ『ベル』には、メロドラマを空疎な娯楽と軽視していた観客層の意識を一新させるインパクトがあった。

第二の要因としては、深刻なテーマにメロドラマの豊かな音楽性とダイナミックな場面転換を活用して、劇の展開にめりはりをきかせたアーヴィングの鮮かな演出力を挙げるべきであろう。十五年前の事件をマサイアス村長が回想する場面では、紗幕が上がるとポーランド系ユダヤ人を殺害した場面が再現される。過去の自分の罪を直視したマサイアスが、橇《そり》に乗ったポーランド系ユダヤ人の商人の鋭い視線を受けて恐怖のあまり叫び声を上げて倒れると、間髪おかず第一幕の幕が下りた。第二幕の幕が上がると、発作を起こしたマサイアスに医者が安静を勧める平和な日常生活の風景が繰り広げられている。愛娘の婚約が整って幸せそうな村長の外見とは裏腹に、心の深奥で罪の意識に苛まれるもう一人の村長が存在した。最終幕ではマサイアスの夢の中の法廷で過去の強盗殺人の罪が暴露され、裁判長は絞首刑の判決を下す。その瞬間に照明が消え、死を告げる鐘の音と同時に暗幕が振り落とされる。照明がつくと場面は朝、娘の結婚を告げる鐘の音が晴れやかに鳴り響く。ところが、絞首刑になったと信じ込んだマサイアスは、苦痛に顔を歪めながら「首からロープを取ってくれ」と声にならない叫び声を残して息を引き取る。夢の法廷で死刑を宣告された村長が良心の呵責から死に至る悲劇的な結末は、観客に強い衝撃と深い感銘を与えたのだった。

過去と現在、現実と回想や夢とを紗幕を利用したダイナミックな舞台転換と巧みな照明で表現する大胆な演出が観客を魅了した。暗い過去の回想場面、心の闇を吐露する独白、娘の結婚式前後の踊りや歌が挿入された明るい場面と緊迫した法廷の場面を対比しつつ、サスペンス仕立ての筋の展開に娯楽性、音楽性、倫理性を織り込んだ革新的なメロドラマとなった。劇の題名『ベル』が示すように、劇中、橇《そり》の鈴、死を告げる鐘、結婚を祝う教会の鐘など多様な音色のベルや鐘が鳴り響く。伴奏音楽が時には恐怖を増幅し、時には陽気なメロディーで雰囲気を和ませ、メロドラマを特徴づける伴奏音楽がスリリングな舞台を生み出し、ストレートプレイにない魅力を発揮した。

第三の要因は、主人公の心理を鋭く分析し、普通の人間の内部に潜む悪の要素を緻密な心理描写で表現したアーヴィングの迫真の演技にあった。マサイアス村長が日常生活の裏側に隠し持つ苦悩や恐怖や良心の呵責をわずかな眼の動きや間の取り方を通して観客の心に届くように演じたのである。アーヴィングの功績はマサイアスを一面的な悪人タイプにせず、温和で子煩悩な父親の愛情と過去の罪に怯える苦悩と孤独をリアルに表現した点である。『ベル』の舞台には、従来の感傷的なメロドラマにはない人間の心の闇に迫る鋭利なリアリティが存在し、モラルとリスペクタビリティを重んじる「真面目な」観客の心を虜にしたのである。

4 「ライシアム・シェイクスピア」の特徴

ベイトマンがアーヴィングの強い要望を不本意ながら承諾し、わずか百ポンドの制作費で中古の舞台背景を使った『ハムレット』の初日の幕が開いたのは、一八七四年十月三十一日のことだった。『ベル』の上演に臨んだ時と同様に、アーヴィングはハムレットの心の葛藤をリアルに表現することを重んじ、「当時の基準からすると自然な演技」（ヒューズ　三）を心がけた。国王と王妃にデンマークに留まるように説得されたハムレットが、「ああ、この堅い肉体が……」と嘆く第一独白（第一幕第二場）には、当時の古典劇によくある朗々と歌い上げる台詞まわしも悲劇性を強調する大げさな身振りもなかった。ロマンティックな演技の慣習を敢えて無視した、物静かで失意に沈んだハムレットに観客は当惑し、客席は静まり返っていた（ローレンス・アーヴィング　二四四 - 四五）。しかし、第三幕に入り、イザベル・ベイトマン扮するオフィーリアとの場面以降、観客は遂にハムレットの内に秘めた苦悩を理解し、古典劇の英雄とは異なる「清新なハムレット、つまり王子であり学者であり生身の人間ハムレット」（ブリアトン　二三二）に共感し熱狂したのである。等身大の人間ハムレットに感動した観客の拍手は、終演後、いつまでも鳴りやまなかった（ローレンス・アーヴィング　二四八）。この『ハムレット』は爆発的な人気を呼び、二百回のロングランを達成した。アーヴィングは古典劇の登場人物から同時代性を汲みとり、ハムレットの内心の苦悩を掘り下げて身近に存在する紳士のような人物として新しいハムレット像を造形したのである。では、アーヴィング以前のシェイクスピア上演とは、いったいどのようなものだったのだろうか。

ヴィクトリア朝中期、ドイツロマン派の影響を受けた英国の文壇は、シェイクスピアを国民的作家と崇拝した。劇場では中世の英国史を描くシェイクスピアの歴史劇が好まれ、現在では稀にしか上演されない『ジョン王』（一五九六）の人気が特に高かった。大英帝国の威信を誇示するかのようなスペクタクル・シェイクスピアと、学問的考証に基づいて歴史を舞台で本物そっくりに再現する「正統的」シェイクスピア上演が評判を呼んでいた。「正統的」の定義に関しては後に説明するが、シェイクスピアの神格化を受けて、正確な時代考証を反映した再現的上演を「正統的」と銘打ったのである。アーヴィングの『ハムレット』登場以前に人気の高かったアクター・マネージャーのチャールズ・キーンが率いるプリンセス劇場のスペクタクル・シェイクスピアと「正統的」シェイクスピアの上演に目を向けてみよう。キーンが手がけた「正統的」シェイクスピアとは、劇の時代背景、地域風習などを学問的に考証して衣装や舞台装置に反映させ、歴史の一コマを正確に舞台に再現する上演を指す。「俳優歴史家」（ショック『ヴィクトリア朝舞台のシェイクスピア』 三）と称されたキーンは、シェイクスピア劇を通して歴史を舞台上に正確に再現するのに情熱を傾けていた。

一八五六年四月に開幕した『冬物語』（一六一〇）は、「正統的」シェイクスピア上演として名高い。原作では、前半が英国を想起させるシチリアを主な舞台とし、後半は大陸を連想させるボヘミアからシチリアへと移動する。ところが、キーンはアポロの神託を劇の重要な鍵と考えて『冬物語』をギリシャ悲劇と解釈し、その解釈に従って場面を原作のシチリアからギリシャの植民地シラクサに変更した（キーン 二六〇）。時代考証に基づいたギリシャ風の衣装と舞台装置による再現的上演を行ったのである。原作の設定場所よりもキーンの解釈と時代考証を優先した「正統的」上演は、劇場が原作を軽視する当時のシェイクスピア受容の姿を端的に示している。しかし現代の学問的な見地からすると、「正統的」シェイクスピアを正統的と判断する根拠は乏しい。シェイクスピアはドラマとしての完成度を最優先し、時代考証や国籍風習のみならず正確な地理にも頓着しなかった。その上、当時、グローブ座はじめ公衆劇場では舞台装置はほとんど使用せず、舞台衣装に関しても時代や地域性を反映させる意識は希薄で、主に同時代のエリザベス朝の服装で上演していた。つまり、どれほど詳細な時代考証を重ねた舞台装置や衣装であっても、エリザベス朝の上演形態を再現することにはならなかったのである。

プリンセス劇場では、「正統的」シェイクスピア上演とともにスペクタクル・シェイクスピアの人気も高かった。一八五七年上演の『リチャード二世』（一五九五）では原作の上演よりも、中世の歴史を再現的に上演することに力点を置き、イーリー・ハウスの内部を舞台上に正確に再現して注目を浴びた（『タイムズ』　三月二十二日）。原作では台詞で語る「ボリングブルック凱旋」を実際の場面として第二幕と第三幕の間に挿入し、臨場感を出すためにロンドン市民に扮するエキストラを多数登場させたのである。多数のエキストラが出演するスペクタクル上演では場面転換に時間がかかるため、原作の大幅カットが不可避だった。十九世紀中期の劇場においては壮大で「正統的」上演が観客の目を奪う一方で、シェイクスピアの原作上演は困難を極めた。ヴィクトリア朝の観客は原作上演の意義に関心が薄く、劇場における原作軽視に寛大だった。むしろ、多数のエキストラや本物の動物が登場する舞台上のリアリティや歴史的考証に基づく再現的リアリズムを高く評価したのである。

一八五九年にチャールズ・キーンがプリンセス劇場から引退し、一八七八年にアーヴィングがライシアム劇場のアクター・マネージャーに就任するまでの期間を、ショックはシェイクスピア上演の「空白期間」と呼んでいる（ショック『ヴィクトリア朝舞台のシェイクスピア』三）。チャールズ・キーンが再現的リアリズムを追求したのに対し、アーヴィングは、キーンのスペクタクルや「正統的」シェイクスピアに共通する再現的リアリズムを部分的に継承しつつも、『ベル』で用いた登場人物の緻密な心理描写とメロドラマのダイナミックな演出をシェイクスピア劇に応用した。一八七八年、アーヴィングは、新体制の披露公演で『ハムレット』に再び挑戦している。舞台装置を一新するばかりでなく上演台本も大幅に改訂し、オフィーリアには新しい相手役エレン・テリーを迎え、華麗なる「ライシアム・シェイクスピア」の第一歩を踏み出したのである。

ヴィクトリア朝の時代は、家庭で安心して読むための『家庭のシェイクスピア全集』が出版される

アーヴィング扮するシャイロック
所蔵 V & A Museum Theatre Collections

ほど、モラルとリスペクタビリティを強く意識する時代だった。アーヴィングはサドラーズ・ウェルズ劇場のアクター・マネージャーだったサミュエル・フェルプスの方針を継承し、シェイクスピアの原作上演を目指そうとした。しかし、ヴィクトリア朝の時代に猥雑さを含むシェイクスピア劇を無修正で上演するのは不可能であった。「ライシアム・シェイクスピア」は、ヴィクトリア朝のリスペクタビリティとモラルに神経質な観客意識を勘案し、アクター・マネージャーのカリスマ性を発揮できる範囲内で原作を尊重した上演に挑んだ。卑猥《ひわい》な台詞や低俗な個所を削除修正し、登場人物の心理描写に力点を置き、登場人物から同時代性を引き出した「ライシアム・シェイクスピア」の典型的な上演が、一八七九年十一月一日の初日から連続二五〇回上演された『ヴェニスの商人』（一五九六）である。

　当時、シャイロックといえば、誰もが名優エドマンド・キーン（一七八?-一八三三）の復讐心に燃えるシャイロックを想起した。キーンのシャイロックこそ唯一のシャイロック像と考えられた時代であった。ところが、アーヴィングはシャイロックを憎むべき敵役の型にはめず、金融業を営む裕福で洗練されたユダヤ人、娘に愛情を注ぐ子煩悩な父親と解釈したのである。シャイロックがキリスト教徒に激しい敵愾心《てきがいしん》を抱き、アントーニオの命を狙う復讐者であったにせよ、誹ぼうと迫害の犠牲者、血の通った人間として演じた（グロス　一一九）。従来のシャイロック像を打破した革新的なシャイロックの出現だった。

革新的なシャイロックは人々の意表を突き、激しい反論にさらされた。真っ向から異議を唱えたのは、小説家ヘンリー・ジェイムズ（一八四三 - 一九一六）と劇作家ジョージ・バーナード・ショー（一八五六 - 一九五〇）である。ヘンリー・ジェイムズはアーヴィングの冷静で知的なシャイロックに「興奮することも、興奮を与えられることもない」と酷評し、エドマンド・キーンの復讐心に燃えたシャイロックを支持、バーナード・ショーに至ってはアーヴィングのシャイロックをシャイロックではないと一刀両断に切り捨てた（グロス　一三七 - 三八）。しかし、彼らの痛烈な批判にもかかわらず、ライシアム劇場は、連日、満員だった。憎しみに燃えるユダヤ人と子煩悩で孤独な犠牲者の二面性をもつ斬新なシャイロックを観客は熱烈に支持したのである。革新性は人物解釈にとどまらなかった。当時の上演慣習では第四幕の法廷の場面で終わり、第五幕はカットされるのが通例だった。しかし、アーヴィングは喜劇の構造と展開を重視し、カット版の不完全な形だったとはいえ第五幕を復活して『ヴェニスの商人』の喜劇としての骨格を明示したのである。

ヴィクトリア朝の劇場では歴史劇の人気が高い一方、陰惨で不吉な劇とみなされていた『マクベス』、筋の合理性に欠ける『十二夜』（一六〇〇）、ベッド・トリックのようなモラルに抵触する『尺には尺を』（一六〇四）などは不評だった。人気の演目に上演が偏り、シェイクスピアの演目が縮小するのを危惧したアーヴィングは、上演頻度の低い劇や不人気な劇の復活上演に着手した。この企画により、『空騒ぎ』（一五九八）、『十二夜』、『リア王』（一六〇五）、『コリオレーナス』（一六〇八）、『マクベス』などの作品が久しぶりに上演されたのである。しかし、アーヴィングの意気込みにもかかわらず、人気のない作品の復活上演を成功させるのは容易なことではなかった。復活上演は、常に劇場経営を圧迫する危険をはらんでいた。困難な復活公演への挑戦の中で、大成功を収めたのがロマンティック喜劇『空騒ぎ』である。

一八八二年、ライシアム劇場は、評判の芳しくない『オセロ』（一六〇四）と『ロミオとジュリエット』（一五九五）をレパートリーから外したため、シェイクスピア人気の高い北米ツアーに向けて、新たなシェイクスピア劇を演目に追加する必要が生じた。他の暗い内容の演目とのバランスを考慮し、アーヴィング自身が本格喜劇と高く評価していた『空騒ぎ』を復活上演作品に選んだ。『空騒ぎ』は、軽薄なドタバタ喜劇として上演されていたばかりでなく、当時の保守的な女性観に照らすと饒舌で勝気な女主人公ベアトリスが生意気で嫌味な女性と映ったことから、評判の悪い劇であった。エレン・テリーは、舌鋒鋭いベアトリスへの反感を軽減する工夫を凝らし、ヴィクトリア朝の価値観に合わせてベアトリスを若々しく快活で愛らしい女性として演じるように心がけた。（テリー『シェイクスピアに関する四講演』八三‐八四）。エレン・テリーが天性の上品で溌剌とした魅力を遺憾なく発揮した結果、観客は好感度の上がったベアトリスに共感し、快く受け入れたのである。

アーヴィングは、歴史的考察による再現的「正統性」よりも登場人物の心理的リアリティやダブルプロットの対比を重視した。喜劇的な筋に登場するドグベリーたち村人はエリザベス朝の衣装、ロマンティックな筋の登場人物にはシシリア風の衣装と舞台衣装を区別し（ヒューズ　一八九）、衣装の対比からダブルプロットの関係性を明確にしたのである。一八八二年十月十一日に初日を迎えた『空騒ぎ』の復活上演は大好評だった。ベネディックとベアトリスの優雅な「機知合戦」、繊細な性格描写、軽快な筋の運び、華麗な衣装、芸術的な舞台背景画と音楽の見事なアンサンブルを駆使し、ライシアム劇場は不人気だった喜劇の名誉挽回に成功した。メロドラマ『ベル』のダイナミックな演出をシェイクスピア劇においても存分に活用した『空騒ぎ』は、以後、ライシアム劇場の人気の演目に転じたのである。

「ライシアム・シェイクスピア」は、『ヘンリー・アーヴィング・シェイクスピア全集』という副産物を残した。全集は上演台本ではないが、上演を視野に入れたト書きが細かく施され、ゴードン・ブラウンの数多くの挿絵がライシアム劇場の舞台や衣装を精緻に描写し、当時の上演形態を伝える格好の資料となった。ライシアム劇場に集う国内外の名士や文化人は、アーヴィングとエレン・テリーの息の合った競演を楽しみ、芸術の香り高い舞台装置と音楽、上品で豪華な衣装、鮮やかな照明に彩られた「ライシアム・シェイクスピア」の舞台の魅力を満喫したことだろう。アーヴィングは常連客の期待に応えるために原作を尊重しつつも主役の見せ場を確保し、ファショナブルな劇場にふさわしい洗練された舞台作りに腐心した。これこそが、「ライシアム・シェイクスピア」の特徴であり同時に弱点でもあった。

5　新しい波の到来とアーヴィング時代の終焉

一八九五年七月十八日、ヘンリー・アーヴィングはウィンザー城においてヴィクトリア女王からナイト爵位を授与され、「サー」の称号を与えられる英国で最初の俳優という名誉に浴した。この栄誉は単にアーヴィング個人にとどまらず、ライシアム劇場ひいては英国演劇界全体の栄誉と受けとめられたのである。翌十九日午後、演劇人のみならず各界の名士が、サー・ヘンリーの誕生を祝してライシアム劇場に集った。劇場は一日のみ閉鎖され、祝賀記念会場に早変わりした。舞台上では、アーサー・ピネロが綴った祝辞を英国演劇界の重鎮スクウィア・バンクロフト（一八四一 - 一九二六）が読み上げ、記念祝辞には四千人を超す俳優たちが署名し、ジョンストン・フォーブス＝ロバートソンのデザインした金とガラス製の豪華な箱に収められ、大勢の参列者の見守る中でサー・ヘンリーに贈呈されたのである（ローレンス・アーヴィング　五八〇）。アーヴィングのみならず、ライシアム劇場の歴史においても記念すべき一日であった。しかし、皮肉にも、この時すでに、英国演劇界の最高峰を極めたアーヴィング率いるライシアム劇場は終焉の時に向かって静かに歩み出していたのである。

「ライシアム・シェイクスピア」の活況に陰りが見え始めていた。英国のシェイクスピア上演に新たな大きな波が押し寄せたのである。俳優、演出家、演劇研究家のウィリアム・ポール（一八五二 - 一九三四）は、アーヴィングの評判の高いシャイロック像に大いに不満だった（スペイト　四一）。エリザベス朝演劇への原点復帰を目指したポールは、一八八一年、上演されることが稀な第一・四つ折り版（Q１）の『ハムレット』を聖ジョージ・ホールで上演した。シェイクスピア時代の上演形態を復元する公演は、エリザベス朝の公衆劇場を模した舞台装置のない張り出し舞台を使用し、登場人物はエリザベス朝の衣装を着用する実験的な企画であった。一八九四年、ポールは演劇革新運動の基盤となるエリザベス朝舞台協会をロンドンで設立し、前年の一八九三年に事実上の旗揚げ公演として知名度の低い『尺には尺を』を上演している。エリザベス朝時代のフォーチュン座の舞台を劇場内に復元し、スターも舞台背景も排して、当時の上演形態を忠実に復元する公演を行った。この実験的上演はライシアム劇場のスター中心の華麗な上演とは対極をなし、シェイクスピアの台詞が主役の公演であった。ポールは、ヴィクトリア朝のシェイクスピア上演で失われたシェイクスピアの詩のリズムやテンポを復活させ、台詞に重点を置くエリザベス朝の上演形態に立ち戻ることを提唱したのである。ポールの試みは、アクター・マネージャーのカリスマ性や大がかりな舞台装置に依存するヴィクトリア朝の上演手法に反旗を翻し、シェイクスピア劇の原点であるテキストへの回帰を実践した点で有意義ではあったが、エリザベス朝の演劇を復元することに重点を置くあまり、演劇の同時代性を考慮しない博物館的な上演に陥る危険性を含んでいた。一八九九年、ポール演出の『リチャード二世』で主演したハーリー・グランヴィル・バーカーがポールの演劇改革運動を部分的に継承したが、二十世紀初頭の大多数の演劇人は、台詞を重視して舞台背景を用いないポールのストイックな復元的劇上演手法に冷淡であった（ショック『ヴィクトリア朝舞台のシェイクスピア』一六〇‐六一）。

十九世紀後半から二十世紀初頭の英国演劇界は、ヴィクトリア朝の演劇の伝統にヨーロッパ大陸のリアリズム演劇の思潮が流入し、新旧の演劇手法が交差する多様性を包含する変化の時を迎えていた。ヴィクトリア朝後半の演劇界を牽引してきたライシアム劇場だったが、一八九〇年代に入ると新しい潮流に対抗する活力を失い始めていたのである。アーヴィングがアクター・マネージャーに就任した当初、ライシアム劇場は革新的なシェイクスピア上演で観客に衝撃を与え、新解釈の上演が常に議論を引き起こす清新なエネルギーに溢れていた。ところが、「ライシアム・シェイクスピア」の上演スタイルが確立し、ファショナブルな劇場として評価されるようになると、ライシアム劇場の持ち味だった革新性が次第に薄れていったのである。名コンビも年齢を重ねて二人の魅力を生かす演目が限定されるようになったが、世代交代は思うようには進まなかった。一方、アーサー・ピネロ、ジョージ・バーナード・ショー、J・M・バリ、ヘンリー・アーサー・ジョーンズなどの新たな方向性を示す戯曲が、新しい時代の流れを生み出して観客を惹きつけた。社会問題を取り上げた劇や新機軸に富む劇の活気と比較すると、ライシアム劇場の華麗なメロドラマやシェイクスピア劇が旧弊で色あせてみえるようになったのである。メロドラマの特色を活用した革新的シェイクスピアで一世を風靡したライシアム劇場が時代に先駆ける革新性を失った瞬間から、アーヴィング時代の終焉が始まったと言えるだろう。

凋落傾向にもかかわらず、アーヴィングは「マネージャー」としてよりも「アクター」の立場に立ち、一流にこだわった豪華な公演を追求するあまり採算を度外視した制作を続けていた。一八九二年の『ヘンリー八世』（一六一三）の制作費は一万六千五百ポンド、観客の入りは良かったが四千ポンドの赤字に終わった（ローレンス・アーヴィング　五四六）。アーヴィングの度重なる病気休演に加え、経営悪化に追い打ちをかけるかのように一八九八年に美術作品と評された貴重な舞台背景の保管倉庫が全焼し、多くの演目が上演不能に陥ったのである。一八九九年、アーヴィングは劇場経営権を遂に手放し、アーヴィング時代に終焉の時が訪れた。一九〇二年、アーヴィングとエレン・テリーの名コンビが復活した『ヴェニスの商人』の上演を最後に、ライシアム劇場は閉鎖されたのだった。

現在、「ライシアム・シェイクスピア」は旧弊なシェイクスピア上演という一言で片付けられる傾向が強い。上演史の視点から概観すると、ヴィクトリア朝時代を特徴づける旧弊なシェイクスピア上演と受けとめられる要素はあるにせよ、その時代にライシアム劇場が果たした事績を総合的に再評価する必要があるように思われる。アーヴィング時代のライシアム劇場は、華麗な「ライシアム・シェイクスピア」の上演で記憶されがちだが、劇場の中心的な演目はシェイクスピア劇ではなく、メロドラマのジャンルに属す作品であった。四十を超えるレパートリーの中で、シェイクスピア劇は十五作品に過ぎない。しかしながら、当時、人気の高かった歴史劇は『リチャード三世』（一五九三）と『ヘンリー八世』の二作品にとどめ、多様なジャンルのシェイクスピア作品を幅広く上演してレパートリーの拡大に努めた。「ライシアム・シェイクスピア」は、原作を軽視して本物らしさを印象づける再現的上演から、劇の詩的統一を重視した原作尊重の方向へと軌道を修正し、時代の制約の範囲内にとどまったとはいえ、その方針を貫き通したのである。

シェイクスピア劇の人気が低迷すると、ロンドンの他の劇場は採算を重視し、シェイクスピア上演から撤退した。そのような困難な時期にあっても、ライシアム劇場は、ロンドンのみならず英国を代表する劇場としての矜持を保ち、ロンドンのシェイクスピアの灯を唯一つともし続けたのだった。アーヴィングの志高い理念の下、英国演劇におけるシェイクスピアの重要性と魅力をアピールし、ロンドンのシェイクスピア劇の上演の灯を絶やすことなく次の時代につなげる使命と責任を果たした功績は大きい。

シェイクスピアは英国の古典劇だが、常に最先端の上演手法を実践する作品として活用されてきた。仮に革新的な上演手法が絶賛されても、次なる斬新な手法が舞台を席巻すると、以前の革新的な舞台は色あせてみえるものだ。これは演劇界の常である。颯爽と登場した「ライシアム・シェイクスピア」

が時間を経て旧弊と批判の対象になったのは、長い上演史の中で繰り返されてきた歴史の一コマに過ぎない。アーヴィング時代の末期、ジョージ・バーナード・ショーはライシアム劇場を革新の波に立ちはだかる保守的存在とみなして激しく攻撃したが、逆説的な意味で変革を促進する原動力となった。毀誉褒貶《きよほうへん》いずれの評価を受けても、ライシアム劇場はシェイクスピア上演を発展させる重要な役割を担い続け、アーヴィングの理念は演劇界に浸透していったのである。

現在、ライシアム劇場ではミュージカル『ライオン・キング』が華やかに上演されている。一見、長い歴史をもつ古典的な外観の劇場とはミスマッチにみえるかもしれない。しかし、『ハムレット』を題材にする『ライオン・キング』は、華麗な「ライシアム・シェイクスピア」のダイナミックな演出と豊かな音楽性を持ち味にしたメロドラマの魅力を継承し、ライシアム劇場の新たな伝統を創造しているように思われる。

＊　＊　＊

付記

本章は「サー・ヘンリー・アーヴィングと『ベル』―俳優と劇との運命的な絆―」『英米文化』第三十七号（二〇〇七年）、「ヴィクトリア朝のアクター・マネジャー―ライシーアム劇場のヘンリー・アーヴィングの業績再評価の試み―」『清泉女子大学人文科学研究所紀要』第三十号（二〇〇九年）、「ヴィクトリア朝後期のライシアム劇場におけるシェイクスピア上演」『清泉女子大学人文科学研究所紀要』第三十四号（二〇一三年）に大幅な加筆・修正を施したものである。

（1）本章におけるシェイクスピア劇の創作年は、Alfred Harbage, ed., *Annals of English Drama 975-1700*, rev. S. Schoenbaum (London: Methuen, 1964) に拠る。

参考文献

Bingham, Madeleine. *Henry Irving*. London: George Allen & Unwin, 1978.

Booth, Michael R. and Joel H. Kaplan, eds. *The Edwardian Theatre: Essays on Performance and the Stage*. Cambridge: Cambridge UP, 1996.

Brereton, Austen. *Henry Irving*. London: Anthony Treherne, 1905.

Craig, Edward Gordon. *Henry Irving*. London: J. M. Dent & Sons, 1930.

Davis, Tracy C. *The Economics of the British Stage:1800-1914*. Cambridge: Cambridge UP, 2000.

---. and Peter Holland, eds. *The Performing Century: Nineteenth-Century Theatre's History*. Houndmills: Palgrave Macmillan, 2007.

Earl, John and Michael Sell, eds. *The Theatres Trust Guide to British Theatres 1750-1950*. London: A & C Black, 2000.

Fitzgerald, Percy Hetherington. *Sir Henry Irving: A Biography*. 1906. London: Forgotten Books, 2013.

Foulkes, Richard. *Performing Shakespeare in the Age of Empire*. Cambridge: Cambridge UP, 2002.

---., ed. *Henry Irving: A Re-Evaluation of the Pre-Eminent Victorian Actor-Manager*. Bodmin: Ashgate, 2008.

Gross, John. *Shylock: Four Hundred Years in the Life of a Legend*. London: Chatto & Windus, 1992.

Holroyd, Michael. *The Dramatic Lives of Ellen Terry, Henry Irving and Their Remarkable Families.* London: Chatto & Windus, 2008.

Hughes, Alan. *Henry Irving, Shakespearean.* Cambridge: Cambridge UP, 1981.

Hyatt, Charles. *Henry Irving: A Record and Review.* London: George Bell & Sons, 1899.

Irving, Henry and Frank A. Marshall, eds. *The Henry Irving Shakespeare.* 8 vols. 1888-90. Cambridge: Cambridge UP, 2009.

Irving, Laurence. *Henry Irving.* New York: Macmillan, 1952.

Kean, Charles. "Charles Kean's Principles, 1850-9." *Victorian Theatre.* Ed. Russell Jackson. 1989. Franklin: New Amsterdam, 1994.

Kilburn, Mike. *London's Theatres.* London: New Holland, 2009.

Mander, Raymond and Joe Mitchenson, eds. *The Theatres of London.* London: New English Library, 1975.

Marshall, Gail and Adrian Poole, eds. *Victorian Shakespeare.* 2 vols. Houndmills: Palgrave, 2003.

Mayer, David, ed. *Henry Irving and the Bells: Irving's Personal Script of the Play.* Manchester: Manchester UP, 1980.

Odell, George C. *Shakespeare from Betterton to Irving.* Vol. 2. New York: Dover, 1966.

Poole, Adrian. *Shakespeare and the Victorians.* London: Thomson Learning, 2004.

Powell, Kerry, ed. *The Cambridge Companion to Victorian and Edwardian Theatre.* Cambridge: Cambridge UP, 2004.

Richards, Jeffrey. *Sir Henry Irving.* London: Hambledon & London, 2005.

---., ed. *Sir Henry Irving: Theatre, Culture and Society.* Keele: Keele UP, 1994.

Rowell, George. The *Victorian Theatre: A Survey*. Cambridge: Clarendon P, 1956.
Sanderson, Michael. *From Irving to Olivier*. London: Athlone, 1985.
Schoch, Richard W. *Queen Victoria and the Theatre of Her Age*. Houndmills: Palgrave, 2004.
---. *Shakespeare's Victorian Stage*. Cambridge: Cambridge UP, 1998.
Scott, Clement. *The Drama of Yesterday & To-day*. London: Macmillan, 1899.
Sillars, Stuart. *Shakespeare and the Victorians*. Oxford: Oxford UP, 2013.
Speaight, Robert. *William Poel and the Elizabethan Revival*. London: William Heinemann, 1954.
Stoker, Bram. *Personal Reminiscences of Henry Irving*. Rev. ed. London: William Heinemann, 1907.
Taylor, George. *Players and Performances in the Victorian Theatre*. Manchester: Manchester UP, 1989.
Terry, Ellen. *Four Lectures on Shakespeare*. Ed. Christopher St. John. London: Martin Hopkinson, 1932.
---. *The Story of My Life*. New York: Schocken, 1982.
安西徹雄『シェイクスピア劇四〇〇年』ＮＨＫブックス、一九八五年.
英米文化学会監修『ヴィクトリア朝文化の諸相』彩流社、二〇一四年.
スマイルズ、サミュエル、山本史郎編訳『イギリス流大人の気骨―スマイルズの『自助論』エッセンス集』講談社、二〇〇八年.

コラム 1

サドラーズ・ウェルズ劇場

サドラーズ・ウェルズ劇場はダンスやミュージカルを上演する個性的な劇場で、歌舞伎の上演も行われた歴史を有す。劇場街ウエストエンドから離れたロンドン北部イズリントン、地下鉄エンジェル駅のほど近くに位置する。モダンな外観と光の射しこむ明るいロビーが印象的なサドラーズ・ウェルズ劇場の起源は古く、1683年に建設された木造の演芸場にさかのぼる。劇場名にある〈wells〉が示すように、当初は湧泉を利用した娯楽施設だった。1833年に行われた大規模な改修後は、ブルレッタ（喜歌劇）、音楽劇、パントマイムなどの娯楽を提供する大衆劇場として親しまれた。

周辺の環境に恵まれなかった郊外の劇場が演劇史に名を残すようになったのは、実力派の俳優サミュエル・フェルプスの功績が大きい。1844年、フェルプスはサドラーズ・ウェルズ劇場のアクター・マネージャーに就任し、果敢にもシェイクスピアの原作を尊重した上演を行ったのである。開場公演の『マクベス』上演の際、混み合った劇場内にビールを持ち込んだ観客や半額チケットを待ちうける観客で大混乱が起こるほど土地柄が悪く、芝居を静かに鑑賞する観客に恵まれない悪条件下での上演であった。しかし、劇場は観客のマナー改善に努め、演目にも工夫を凝らし、娯楽性の高いメロドラマとともにシェイクスピア作品やエリザベス朝の劇を演目に加えて上演作品の質の向上に努めた。この地道な努力が実って、目の肥えた観客層が訪れるようになり、劇場のみならず周辺地域の雰囲気までも改善されたのである。

サドラーズ・ウェルズ劇場の最大の功績は、従来の大幅なカット版のシェイクスピア上演の慣行に逆らって原作上演への道を開拓したことと、シェイクスピア劇の34作品を上演する快挙を達成してシェイクスピア作品の全体像を明示した２点にあろう。1862年にフェルプスは劇場を辞したが、フェルプスの理念は、アーヴィングをはじめ多くのアクター・マネージャーに継承された。フェルプスが劇場に植えつけた革新を重視するDNA は、現在も健在である。（門野）

サドラーズ・ウェルズ劇場（2013年８月撮影）

2 章

セント・ジェイムズ劇場

ー取り壊された、ウェルメイド・プレイの殿堂ー

藤野　早苗

セント・ジェイムズ劇場（1891）
出典　*Print Collector / Getty Images*

1 セント・ジェイムズ劇場

高級住宅街にほど近いロンドンの一等地ピカデリーに位置し、十九世紀末から二十世紀にかけ、ウェルメイド・プレイの殿堂として、華やかな上流階級の人々や彼らに憧れるミドルクラスの人々を魅了した美しいセント・ジェイムズ劇場は今はもう存在しない。その跡地には高層ビルが建ち、もはやかつての姿を想像することは不可能である。

セント・ジェイムズ劇場が建てられたのは一八三五年である。その歴史において、伝説的な名女優のリストーリやレイチェル、あるいはヘンリー・アーヴィングが出演したこともあり、一八七六年からの八年間には、ロイヤル・コート劇場で成功をおさめたジョン・ヘアとケンダル夫妻が指揮を執った輝かしい記録もある。しかし、多くの期間、劇場経営は不振で、しばしば閉鎖を余儀なくされた。その劇場を画期的によみがえらせ、軌道にのせたのが、ジョージ・アレキサンダー（一八五八 - 一九一八）である。彼は一八九〇年に三十二歳の若さで劇場を引き継ぎ、以後二十七年の長きにわたり、アクター・マネージャーとしてこの劇場の安定した運営と管理にあたった。そこには名優としての才能のみならず、劇場経営についての見識と卓越した判断力と実行力があったに違いない。彼の信条はまさにセント・ジェイムズ地区のおしゃれな社交の場としての劇場を造ることであった。幅広い演目を扱ったが、その中心はフランスのスクリーブの戯曲のスタイルに、英国の伝統である風習喜劇の要素をリンクさせたウェルメイド・プレイであった。観客が属する社会の風習を描き、風習から外れる人や行為を揶揄して、その社会の価値観に沿った展開をみせる内容であった。

セント・ジェイムズ劇場はジョン・ヘアとケンダル夫妻が経営にあたっていた一八七九年に一度改築、改装され、細部に至るまで完璧で、美しい劇場になっていた。だが、一八九九年にアレキサンダーはさらに大幅な改装を行った。それは、収容力を増加させたばかりでなく、舞台の拡大、舞台装置の収納場所の確保など、芝居上演のための設備の向上と、暖房設備やクローク、バーの改善など、観客のための便宜と快適さまでも熟慮された改装であったため、いっそう優雅で、居心地の良い劇場となった。

アレキサンダー時代にウェルメイド・プレイの殿堂として安定的な繁栄を続けたセント・ジェイムズ劇場であったが、一九一八年にアレキサンダーが五十九歳で死去すると、アメリカ人の興行主ギルバート・ミラーが賃貸権を引き継いだ。一九三〇年代、四〇年代にはアガサ・クリスティの『十人の黒人』を含むいくつかの作品が成功を収めたが、一九四四年には第二次世界大戦中の爆撃により、劇場の屋根がひどく破損した。四三年に劇場を買い取ったミラーは、何度も転貸しつつ、実質支配を続けた。一九五〇年にはローレンス・オリヴィエと妻のヴィヴィアン・リーが所有者ミラーの期待を背負って新たに劇場運営を引き受ける。だが一九五四年、ミラーはこの劇場が位置するロンドンの一等地の不動産としての経済的有効性を優先させ、再開発のために売却することになる。ヴィヴィアン・リーが先頭に立ち、歴史的な劇場の取り壊しに反対するキャンペーンを試みるが成功せず、一九五七年にセント・ジェイムズ劇場はついに取り壊されてしまったのである。ロンドン州議会は以後セントラル・ロンドンにおける劇場は新たな開発計画の一部でない限り、取り壊しを禁ずることを決定するが、遅かった。

このように今や歴史の闇の中に消えてしまったセント・ジェイムズ劇場ではあるが、一八九〇年から第一次世界大戦までの間、アレキサンダーのもとで上流階級の人々や彼らに憧れるミドルクラスの人々を魅了し続け、ウェルメイド・プレイの一大ブームを巻き起こしたファッショナブルな劇場は確かに存在したのである。取り壊されてしまった劇場ゆえに、その後は顧みられることも少なく、研究資料も乏しい。だが、かなり古い資料ではあるが、レイモンド・マンダーとジョー・ミッチェンソン共著の『ロンドンの失われた劇場』（一九六八）の中に、セント・ジェイムズ劇場の内部がアレキサンダーによって、いかに豪華に、かつ機能的に改装されたかについての詳細な説明がある。また、メイソンによる『サー・ジョージ・アレキサンダーとセント・ジェイムズ劇場』（一九三五）はアレキサンダーの生き方、芝居作りを間近に見てきた人間ならではの臨場感のある伝記である。アレキサンダーが手がけたすべての演目のリストも付記されていて、セント・ジェイムズ劇場研究のうえで貴重な資料である。

本章では二十七年の長きにわたり、安定した劇場運営を続けたアクター・マネージャーとしてのアレキサンダーに焦点を当て、彼の長期運営と劇場崩壊の必然性をさぐってみたい。そのためにまずアレキサンダーの俳優経験に裏づけられた上演コンセプトと劇場運営の方針を分析する。次に、それらに基づいた実践を実際に彼がかかわった劇作家のうち三人―オスカー・ワイルド（一八五四‐一九〇〇）、アーサー・ピネロ（一八五五‐一九三四）、ヘンリー・ジェイムズ（一八四三‐一九一六）―を取り上げて検証する。そして、その成功例と失敗例をもとに、アレキサンダーのアクター・マネージャーとしての資質とその限界について、時代の流れの中に位置づけながら考えたい。

2　アレキサンダーの上演コンセプトと劇場運営

アレキサンダーは根本的に演劇は娯楽という考え方で、観客に興奮と同時にくつろぎを与える必要があると考えていた。ジョージ・ロウエルはその著『ヴィクトリア朝演劇』の中で、「『タンカレー氏の後妻』上演から第一次大戦までの二十年間はファッショナブルな劇場の全盛時代であった」（一〇三）と記しているが、それはまさにアレキサンダーがアクター・マネージャーとして劇場運営にあたっていた時代であり、セント・ジェイムズはファッショナブルな劇場の代名詞のような劇場だったのである。地域性から見ても、劇場の外観、内装からしても、元々セント・ジェイムズ劇場は上流階級の人々を引き付ける要素を備えた劇場であったが、この劇場の経営権を手にしたとき、アレキサンダーはそのことを強く意識していて、上流階級の人々を満足させることが彼の劇場運営の根本概念となり、あらゆる方策はそこに立脚することになる。一八九〇年に劇場のリースにサインするとすぐに、彼は当時としては先進的な電気照明を取り入れた。また劇場内の椅子の張替えをして、明るい魅力的な場所としての設営をした。娯楽というものが限られていた九〇年代、観劇は人々の生活のなかで重要な地位を占めていたのである。一般にこの時代、かつての安価な平土間は「ストール」と呼ばれる一等席に変わり、平土間の常連だった観客は最上階の狭い「ギャラリー」へ追いやられることになった。セント・ジェイムズの一等席の客は宝石や毛皮を身に着け、絹ずれの音をたてながら、優雅にラウンジや通路を歩いていた。そしてその情景を羨望の目を持って上から眺める人々がいたということであろう。

一等席の客は付近の高級住宅街から訪れる上流階級の人々に交じって、近郊から列車に乗って観劇に来る、ミドルクラスの人々も多かった。夕方になると、ゴージャスな装いで汚い駅に降り立ち、雑踏をぬって劇場に向かう大勢の観客がいたことをイタリア人ジャーナリストのボーサは次のように描写している。

彼らはレースやシフォンのイブニングドレスに、日本製のシルクのフードやショール、ふわふわしたボアなどを身に着け、刺繍を施した靴を履いて、ブロケードのオペラコートをまとい、パールやダイアモンドをきらめかせていた。(三)

ここに描き出されるミドルクラスの人々の服装はまさに劇場に向かう上流階級の人々の服装と大差ない。それは何を意味するのであろうか。階級社会が厳然として存在しているものの、財力があれば服装では上流階級の人々と肩を並べられるという現実があった。したがって、上流階級の人々とファッションを競い合える劇場という空間は、彼らにとって、観劇に劣らず、重要な意味をもったと言えるのである。彼らが劇場に向かう目的は、ボーサの表現を借りるならば、「見ることと、見られること」(四)であったのだ。

天性の美貌とスタイリッシュな着こなしで観客を魅了したアレキサンダーだが、俳優は観客にとってあこがれの存在であるべきという意識が強く、私生活においても常に着こなしや振る舞いに細心の注意をはらっていたという。その意識は自分ばかりでなく共演する劇団仲間にも向けられ、舞台衣装ばかりでなく、私生活に至るまで、団員が服装や振る舞いに気をつけるように徹底させたということだ（シェパード　十七‐十八）。一方、観客は洋服を新調する際に、セント・ジェイムズ劇場に行って芝居を観てから決めるのが一種の流行だったというから、まさにアレキサンダーの考えは功を奏していたと言えよう。彼は観客が劇場に一歩足を踏み入れた時から、上流社会の人々は安心してくつろげ、またミドルクラスの人々は憧れの的としての上流社会の雰囲気を味わえるように、スタッフの服装やマナーにまで注意を促していた。

セント・ジェイムズの観客が楽しめるようにと念じるアレキサンダーが上演した出し物は先に述べたように、主としてウェルメイド・プレイであった。ウェルメイド・プレイは、観客が最初から最後まで興味を持続させながら見守ることができるように効果を計算して、思いがけない、仰天するような出来事でも、一定の決まった方式の中に組み入れ、物語を展開させるように考案された芝居のことである。この戯曲のスタイルを考案したスクリーブは一八一五年から六一年の間に五百作ものウェルメイド・プレイを書いた。この様式を彼の弟子のサルドゥーが受け継ぎ、彼らは多くの国の劇作家に影響を及ぼした。イギリスでも一八七〇年代、八〇年代には二人の作品が次々と翻訳され、また多くのイギリス人劇作家がこの様式を取り入れたということである。

ただし、英国のウェルメイド・プレイはスクリーブやサルドゥーをモデルにしながら、英国の伝統である風習喜劇の要素とリンクさせた、より現実感覚のあるものであり、これはアレキサンダーが願う演目にピッタリであった。つまり上流階級の人々がセント・ジェイムズ劇場に入ると、そこは自分たちの日常と違和感のない豪華な雰囲気であり、舞台で演じられる物語は身近にありうる出来事を扱ったものであれば、観客は興奮しながらも、違和感なく見ていられるわけである。しかも大人気のアレキサンダーが常に上流階級の価値観を代弁する役柄を演じたのであれば、観客の満足度は想像に難くない。

ウェルメイド・プレイを数々手がけたアレキサンダーは、観客に受け入れられやすいものであるように、作品の選択にこだわった。基本的に英国人作家の作品を扱いたいという観点から、作家選びに熱心で、劇作家以外にも、たとえば詩人のジョン・デビッドソンとか、作家のトーマス・ハーディ、コナン・ドイルなどにも声をかけた（メイソン　七）。アレキサンダーの伝記を書いているメイソンはアレキサンダーのこのような方針こそが彼に繁栄と名声をもたらしたと考えている。基本的に英国上流社会の日常から逸脱しないもので、しかも何らかの新鮮味があれば、大方の観客を満足させられたのであろう。また、上流社会とは無縁のギャラリーの客は自分たちとは無縁の生活を垣間見て、上流社会の人々と同じ劇場空間にいる満足感を味わったのかもしれない。アレキサンダーは二十七年間に六十二作の劇と十九作の一幕劇を手がけたが、そのうち八作のみが外国人作家の作品であった。

セント・ジェイムズ劇場の運営に携わる以前に、アレキサンダーには俳優としての経験があり、演技の大切さをよく認識していた。そればかりでなく、ライシアム劇場で八年間アーヴィングの脇役を演じた経験が役立ち、主役だけでなく、キャスト全体で芝居を作り上げることの重要性をよく認識していた。アクター・マネージャーが圧倒的役割を担いながらも、キャスト選びにはとことんこだわったのである。それがいかに大切なことであったのかは次節で取り上げる『タンカレー氏の後妻』の分析で、検証したい。選ばれた俳優にはよく練習し、完璧な発声法で演じるように厳しく指導した。服装、マナーに至るまで俳優としての自覚を促すとともに、このように演技に真摯に向き合う姿勢がアレキサンダーの特質であったと言えよう。

アレキサンダーは演劇人として優れていたと同時に、ビジネス感覚を持ち合わせていた。メイソンはアレキサンダーの金銭感覚と上演理念について、次のような端的で的確な説明をしている。「彼は俳優によい演技をしてほしいので、よく話し合ったうえで、高い給料を支払った。また最高の上演をしたいので、高い上演料を劇作家に支払った。その上で、注意深く、無理のない劇場運営を実践した。なぜなら長期間運営を続けたかったからである」（九八）。この説明からアレキサンダーの劇場運営に対する強い情熱が伝わってくる。

だが、無論いつでも順調だったわけではなく、収支バランスが崩れたこともあった。基本的にはロングランを目指すが、公演が失敗であるとわかると、彼はすばやく取り下げ、損失を最小限に抑えた。また経営者であると同時に俳優でもある彼は、主役としてしかるべき給料を得ていたわけだが、その自分の給料を損失の補てんにまわしたということだ。さらに地方公演もできるかぎり実施して、その利益も収支決算に貢献させた。

メイソンはアレキサンダーが慎重さと勇気、思慮深さと大胆さを兼ね備えた経営者であったことを記している（一五〇）。一八九九年にセント・ジェイムズ劇場は大規模な改築、改装を行った。それにより劇場の収容力が増したばかりでなく、舞台装置や衣装の保管場所も完備され、使用した舞台装置や衣装を保管しておいて、必要があればいつでも取り出し、使えるようにした。設備投資が必要でも、長い目で見れば、経費の節約につながることは明らかだ。またこの改築により、劇場は一層美しく、観客にとっての便宜、快適さも向上したことで、アレキサンダーのコンセプトを満たした劇場づくりが進んだことになる。

このように、自分のコンセプトにかなう上演と劇場づくりを目指したアレキサンダーだが、それはいつまでも続くものだったのだろうか。

3 コンセプトの実践―ウェルメイド・プレイとアレキサンダー

アレキサンダーがファッショナブルに設えた劇場で最も力を入れた上演は上流階級の観客に安心して楽しんでもらえるウェルメイド・プレイだったが、その中心はオスカー・ワイルドとアーサー・ピネロの作品であった。

まずワイルドの作品の中で、一八九二年に上演された『ウィンダミア卿夫人の扇』はアレキサンダーが劇場を引き受けてから初の大ヒットになった。この作品はスクリーブやサルドゥー以来の馴染みのあるウェルメイド・プレイの要素―つまり、登場人物として、秘めた過去をもつ人、重要な小道具として扇子、手紙、手袋、そしてクライマックスにもっていくために不可欠のシーンなどを含んでいる。さらにヴィクトリア朝の観客の道徳観を満足させる結末になっていることが重要なのであった。

物語のあらすじは次のようなものである。ウィンダミア卿夫人はまだ赤ん坊の時に母親が死んだと聞かされているが、実は母親は夫と乳飲み子を捨て、恋人のもとに走ったのであった。ヨーロッパに姿を消していたその女性が二十年後にアーリン夫人と改名してロンドンに戻ってくる。彼女は娘の夫ウィンダミア卿に自分の正体を明かして、社交界への復帰を図ってくれるように要求する。ウィンダミア卿がその女性のもとに頻繁に出入りする姿を目撃した社交界の人々から夫が浮気をしているらしいことを聞かされ、ウィンダミア卿夫人は聞き流していたものの、彼女の誕生パーティーに夫人を招待するように執拗に夫に頼まれると、夫が信じられなくなる。そこで、折しも彼女に言い寄ってくるダーリングトン卿の愛を受けようと決心して、置手紙を残して家を出る。その姿を目撃したアーリン夫人は二十年前に自分が犯した過ちを娘が犯してはならないと、娘の後を追ってダーリントン卿の家に赴き、家に戻るように彼女を説得する。だが夫人が母親とは知らず、夫の愛人と思っているウィンダミア卿夫人は耳を貸そうとしない。やがてウィンダミア卿を伴ってダーリングトン卿が家に入ってくると、ウィンダミア卿夫人はあわてるが、アーリン夫人は彼女をすばやくその場から逃して、自分はカーテンの陰に隠れる。こうして窮地を逃れたウィンダミア卿夫人だが、扇を落としてきてしまった。妻の扇を見つけたウィンダミア卿は不信の念を抱く。だが、アーリン夫人は落ち着いて、自分が間違えてその扇を持ってきてしまったと取り繕う。翌朝扇を返しにウィンダミア家を訪れたアーリン夫人をウィンダミア卿夫人は感謝をこめて出迎える。夫人は英国を離れることを告げ、ウィンダミア卿夫人に子どもと一緒の写真をくれと頼む。最後に、以前からアーリン夫人に恋していたオーガスタス卿が現れ、夫人と結婚することを誇らしく告げる。

ワイルドは会話の妙に長けているが、劇作家としてはまだ不慣れな部分が多々あった。そこを補ったのがアレキサンダーである。彼はまずキャストにこだわり、慎重に決めた。それだけではなく、いかに観客の心情に訴えるかを考慮し、劇の運び方に執拗に注文をつけた。ウェルメイド・プレイでは構造上、秘密が重要な要素である。秘密が論理的に順を追って明らかになるようにプロットが展開することが必要なのだ。したがって、秘密をいつ、どのように観客に知らせるかが極めて重要になる。この劇の場合、原作では最後までアーリン夫人がウィンダミア卿夫人の母親であることが明かされないのだが、アレキサンダーは早い段階で、少なくとも二幕目で、明らかにすることを主張した。そうでなければ、なぜウィンダミア卿が彼女のもとに足繁く通うのか、観客には理解できない。そればかりでなく、関係が観客にわかっていればこそ、アーリン夫人の娘を思いやる言動を観客は共感をもって見守ることができるのである。ワイルドは抵抗したが、最後には折れて、アレキサンダーに任せたという。その結果、大ヒットになったわけで、ウェルメイド・プレイについては観客の心をつかむことに長けているアレキサンダーのこだわりとその効果がよくわかる。またワイルドも彼を信頼していて、その信頼関係が良い結果を出したともいえる。

ワイルド以上にセント・ジェイムズ劇場にとって重要な劇作家はピネロである。数々のヒット作を出したが、その最初の作品は一八九三年の『タンカレー氏の後妻』である。いかがわしい過去を持つ女性と知りながら、ポーラを愛し、結婚した上流階級のオーブリー・タンカレーには、冷酷だった亡き妻との間に生まれた一人娘エリーンがいる。彼女はずっと修道院にはいっていたが、父親の再婚と時を同じくして家に戻ってくる。ポーラを心から愛しているオーブリーではあるが、その生活はクラブを中心とした、当時のイギリス紳士らしい生活で、田舎の屋敷にいるポーラは、尋ねる人も、訪れてくる人もいない、孤独な生活を余儀なくされている。近隣の女性たちが「過去ある女」とは付き合おうとはしないのだ。エリーンも彼女に心を開こうとはしない。やがてエリーンにはパリで恋人ができ、ポーラに対しても優しくなる。驚き、喜ぶポーラであったが、エリーンの相手はなんと彼女のかつての愛人アーデイルだった。彼は驚くものの、秘密にしておけば何でもないとポーラを納得させようとする。だが、彼女はそんな考えを受け入れることができず、それよりも死を選ぶという物語である。

ピネロのこの作品は「過去ある女」、社会の冷たい目、偶然の巡り合い、自殺など、ウェルメイド・プレイによくある要素から成り立っているように見える。しかし、ワイルドの作品などに比べ、社会の閉鎖的な態度に物申す作品という印象がより強い。ポーラの「未来は過去の繰り返しに過ぎない」という言葉はどんなに自分が努力しても、「過去ある女」を絶対に受け入れようとしない上流階級の冷たさを如実に示している。それは明らかにピネロがイプセンの影響を受けていたことを感じさせるが、そのことをウェルメイド・プレイの枠組みの中で、おそらく作者が意図した以上に効果的に出すことができたのは、ヒロインを演じたパトリック・キャンベル夫人の演技によるものであると思われる。

キャスト選びには常に慎重なアレキサンダーだが、この作品に関してはとりわけ苦労したらしい。ピネロともなかなか意見が合わず、何度も候補を変え、長い時間をかけた末に、ヒロインはまだ新人のキャンベルに決まった。ところが彼女は意志の強い女性で、再三ピネロやアレキサンダーの指示に反発しながら、繊細な感情表現をすることにこだわったという。そんな彼女にリハーサルのとき、アレキサンダーは「あなたは今、アデルフィ劇場ではなく、セント・ジェイムズで演じているのだということを忘れないでくれ」（八七）と声をかけたとキャンベルは手記に記している。だが、彼女はア

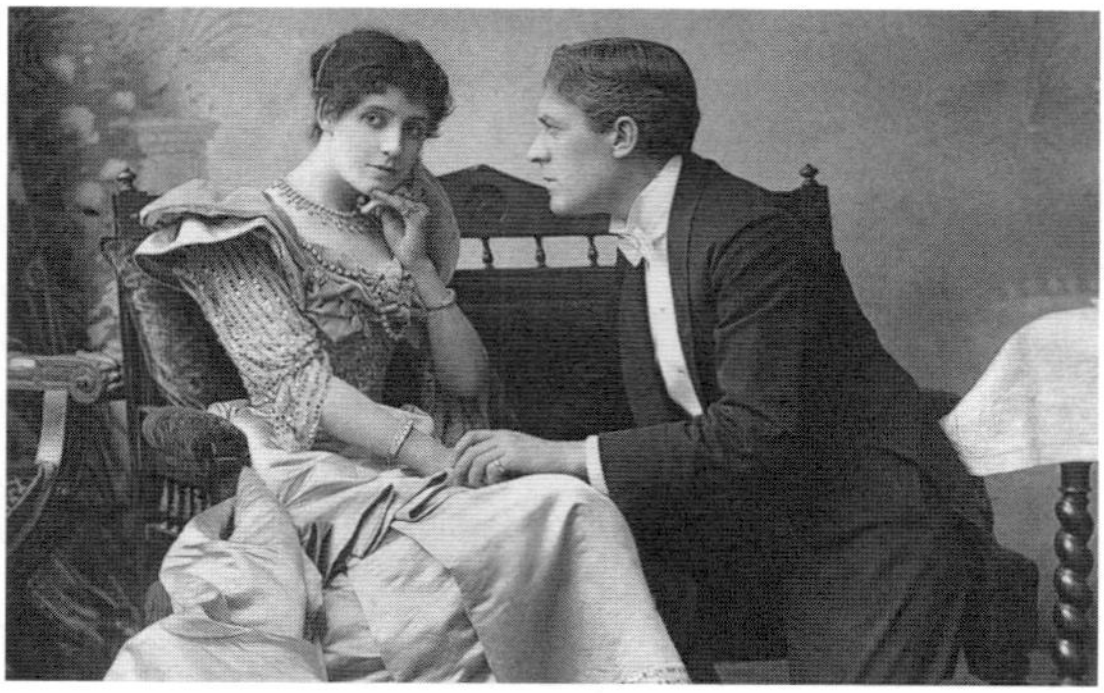

『タンカレー氏の後妻』におけるキャンベルとアレキサンダー
出典　*Hulton Archive / Getty Images*

レキサンダーの「堅苦しいお決まりのやり方」に苛立ちを覚え、なかなか屈しなかったらしい（カプラン&ストウエル　五四）。

キャンベルの女優としての資質のすばらしさを示す、見逃してはならない一つのエピソードを彼女は記している。それは第三幕で、脚本では「ピアノのところに座り、ワルツをつま弾く」とあるところで、きちんとした音楽教育を受けている彼女は躊躇した。彼女にとってピアノは決して「つま弾く」(strum) ものではないからだ。「ピアノを弾けるかどうかを知りたいのだ」と叫ぶアレキサンダーの声に苛立ったキャンベルは台本を片手に、左手でバッハをきれいに弾いた。これによりピネロもアレキサンダーも彼女に対する認識を変えた（キャンベル　八九）。しかも、この小さなエピソードは原作にはなかった深みを芝居に与えることとなる。なぜなら、そのピアノの弾き方により、ポーラが単なる「過去ある女」ではなく、その前身はきちんとした教育を受けている階級の女性であることを暗に示すからである。ピネロが原作で示すことができなかった「育ちのよい」過去がポーラにあることをキャンベルは見事に演じたといえる。それにより、観客はポーラが自分たちと同様の教育を受けた人間であることを感じるだろうし、「過去ある女」として頑固にポーラを受け入れようとしない社会の理不尽さが強調されることにもなる。現代の目から見れば、『人形の家』のノラのように、ポーラには家を飛び出してほしいところだが、ピネロは当時の観客を納得させる終わり方を心得ていたというべきであろう。またキャンベルの演技とは対照的なアレキサンダーの抑えた演技は上流社会の慣習的な人間を体現していて、観客に安心感を与えたに違いなく、また上流に憧れるミドルクラスの観客の羨望の感情をあおったかもしれない。

この劇の場合もピネロとアレキサンダーが議論を尽くした上でのキャスト選びが劇を成功に導いたことがうかがわれる。また、注文はつけても、納得すれば、他の俳優の演技を尊重し、キャスト全体の中での自分の役割をよく認識していたアレキサンダーの演技に対する真摯な態度もうかがわれる。舞台装置は豪華で、この劇場の観客を満足させるものであったし、衣装は幕ごとにポーラのイメージを印象づけるものであったらしい。『タンカレー氏の後妻』の公演は二二七回に及ぶロングランであった。

アレキサンダーがかかわった作品のリストを見るとき、ピネロの作品が多いことが目につく。二人は激しく口論することもあり、一時期、アレキサンダーとは一緒に仕事はしないとピネロが宣言したこともある。だが結局友情は壊れることなく、協力しあったし、一九〇六年にセント・ジェイムズで上演した『家治まりぬ』はアレキサンダーのキャリアの中でもっともヒットした作品だった。

4　アレキサンダーの限界

『タンカレー氏の後妻』を見て、アレキサンダーこそ、自分の作品を託せる俳優だと確信したのが、繊細な心の動きを難解な文章で描き出すことで有名なヘンリー・ジェイムズであった。ジェイムズは英国に長く在住のアメリカ人で、英国の上流社会の人々との親交も広く、彼の小説は知識人、文化人の間で愛好者も多かった。しかし、ジェイムズは何とか劇作家として名を上げたい願望も強く、すでに自身の小説『アメリカ人』（一八七七）を劇化し、一八九一年にリヴァプール近くのサウスポートで初演され、それから地方巡業を経て、九月にロンドンでの公演が始まり、十二月までに七十回上演された。しかし、観客の反応も、収入も、望んだものにはほど遠かった。その原因を演出家や俳優に問題があったと解釈していたジェイムズは『タンカレー氏の後妻』を観て、アレキサンダーこそ、求めていた芝居作りのできる人物と解釈したのである。おそらくそれは内面の動きまで表出させることのできたキャンベルの演技によるところが大きかったのであろうが、ジェイムズはアクター・マネージャーを信頼してしまった。一方、アレキサンダーは新しい作家選びに熱心だったので、著名なアメリカ人作家ジェイムズの申し出を歓迎したのであろう。二人はすぐに具体的な話に入ったという（エデル　四六五）。

ジェイムズが持ちかけた劇の構想の萌芽らしきものはその一年前にジェイムズの『創作ノート』に記されている。「ある古いヴェニスの家系の一人が修道士になっていたが、家系を存続させるために、無理やり俗界に連れ戻される。彼は最後の子孫なので、結婚することがどうしても必要なのだ。これを何とか現代に適用させせよう」（七一）。この記述から推測される主題は、ジェイムズが好んで取り上げる、人生の岐路に立つ人間の葛藤である。そのような作品をアレキサンダーに託そうとしたことが、そもそもジェイムズの判断ミスだと思われるが、彼はそれほどにキャンベルの演技に魅了され、全体をアレキサンダーの力量と誤って解釈してしまったのであろう。レオン・エデルはジェイムズとアレキサンダーについて、「気むずかしい文学者と洒落者のマチネ・アイドル」と巧みな表現をしているが（四六六）、まさにこれ以上不釣り合いな組み合わせはなかったであろう。

しかし、ともかくも契約は成立し、ジェイムズは直ちに取り掛かって『ガイ・ドンヴィル』を書き上げた。すぐにも上演してほしいジェイムズだったが、その約一年後にリハーサルが始まった。アレキサンダーは何カ所も修正を求めたという。これはジェイムズにとっては耐えがたい苦痛だったようだが、成功させたい一心で、じっと耐えていたらしい。だがリハーサルが進むにつれて、キャストはよいし、舞台装置も衣装もすばらしい。ただ問題はアレキサンダーが十分に役をこなせるかどうかだ…と不安になったらしいことをエデルは記している（四六七）。

『ガイ・ドンヴィル』はどんな内容だったのであろうか。時代設定は十八世紀末である。ガイ・ドンヴィルはペヴェレル夫人の息子の家庭教師をしているが、聖職につくべくフランスに渡ろうとしている。そこへ、デヴェニッシュ卿という人物が、ドンヴィル家の家長であるマリア・ドンヴィルからの伝言を持ってくる。ガイと遠縁にあたる別のドンヴィル家の主人が亡くなり、後継者がいないので、血筋のガイがその家を継ぎ、結婚して子孫を残すべきであるというのだ。その話を聞くと、聖職につく決意をしていたガイだが、確かに家系を存続させることが自分の義務かもしれないと迷いはじめる。そして彼を愛するペヴェレル夫人の感情を抑えた説得もあって、決意し、デヴェニッシュ卿に率いられてドンヴィル夫人のもとに赴き、勧められるままに、夫人の娘であるマリア・プラジエールと結婚することに同意する。しかし、そこには陰謀があった。実はデヴェニッシュ卿はドンヴィル夫人の愛

『ガイ・ドンヴィル』におけるアレキサンダー（右から２番目）
出典　*Alfred Ellis / Getty Images*

人であり、マリアの父親であった。そして、マリアが結婚した暁には、夫人はデヴェニッシュ卿と結婚し、彼の借金を支払ってくれることになっていたのだ。しかもマリアにはラウンドという恋人がいることを知り、ガイは二人が駆け落ちするのを助けてやる。デヴェニッシュと夫人がそのことを知り、ガイを非難すると、家系存続のためなら、ペヴェレル夫人のガイに対する愛情を役立ててもよいと告げる。翌日ガイはペヴェレル夫人のもとへ戻るが、彼に先駆けてデヴェニッシュ卿が夫人の家に赴いて、そこで夫人への求愛のために訪れていたガイの親友フランクと遭遇する。デヴェニッシュはガイが夫人を愛していること、そして今、求婚するために戻ってくるところだと話す。やがてガイの到来を知らされると、デヴェニッシュ卿はあわてて身を隠す。だが、彼の手袋を見つけたガイは彼が先回りをして来ていたことを知る。夫人に対するフランクの純粋な愛を知った彼は、二人の幸せを願い、自分は聖職者になるべくフランスに渡ることを宣言するという結末である。

ジェイムズは小説でならば、ガイの煩悶をどのようにでも描き出せたであろう。しかし、劇作となると、彼が思い描くようには俳優はなかなか演じてくれない。そもそもウェルメイド・プレイの軽妙なセリフに慣れている俳優にとって、ジェイムズのセリフは複雑で、長たらしい。問題劇と言ってもウェルメイド・プレイの扱う問題は身近によくあるゴタゴタにすぎず、深刻に扱わないことに俳優も観客も馴れている。したがって、一幕目はともかくとして、二幕目のこみいった会話になると、ギャラリーからは野次がとびはじめたという。常に観客の寵児で、舞台で輝いていたアレキサンダーにとって、それは経験したことのない状況で、彼はすっかり取り乱し、散々な結果に終わってしまったようだ。

　この無残な結末を考えるとき明らかになるのは、ジェイムズが劇作家として不適格であったことと同時に、俳優として、また演出家としてのアレキサンダーの限界である。エデルは「確かにアレキサンダーは想像力のある人間ではなかった。それをいわば猛烈な演技力で補っていたのである」（四六六）と解説しているが、おそらくそうなのであろう。アレキサンダーはスタイリッシュな美男で、ウエルメイド・プレイの主役として、セント・ジェイムズの観客を納得させる演技をすることには絶対の自信を持っていた。だが内面の動きを演じることは不得手だったとみられるし、あるいは関心がなかったのかもしれない。

　『ガイ・ドンヴィル』の初日に起こった、ギャラリーからの野次に対する処し方について、アレキサンダーは批評家やジャーナリズムから非難された。幕が下りてから、たじろぐジェイムズをむりやり舞台に引きずり出したり、観客に対して追従的なスピーチをした[1]ことは彼の見識のなさを露呈する結果となった。そのように散々な初日だったが、それでも公演は五週間続き、さらに地方巡業にも出た。このことはセント・ジェイムズにはアレキサンダーの熱狂的なファンがいたことを物語っている。それこそが彼の目指すものであり、強みであった。一方で、アレキサンダーの俳優としての限界を暗示する出来事であったことも否定できない。

5 アレキサンダーの独壇場から混迷へ

一八九五年はアレキサンダーにとって困難な年であった。『ガイ・ドンヴィル』のあと、巻き返しを図ったのがワイルドの『真面目が肝心』であった。この作品はダンディズムが際立つ、洒落たウェルメイド・プレイであり、アレキサンダーとワイルドは議論を尽くし、完成した出来栄えにワイルドは大満足だったという。二人が劇作家とアクター・マネージャーとして、その後も議論を尽くしつつ芝居を作り上げていったら、その相乗効果は計り知れなかっただろうと思われる。だが周知のように、『真面目が肝心』の初日にワイルドは辱めを受け、ホモセクシュアルの裁判、投獄が続き、劇作家としての生命を絶たれてしまうのである。このような不幸な出来事で、初演の時は赤字であったが、その後の再演では大成功を収め、アレキサンダーの手がけた人気のある作品の一つとなった。

セント・ジェイムズの歴史の中でアレキサンダーとピネロはもっともよく互いを理解し、優れた芝居作りのために情熱を傾けていた関係であった。だが、それぞれが自分のコンセプトに自信をもっているからこそ、行き詰まることもある。一八九七年にピネロの五幕劇『王女と蝶』のリハーサルにおいて、二人の意見の対立は激しいものとなり、ピネロは二度と仕事を共にしないことを宣言した。実際、以後九年間ピネロはセント・ジェイムズでの公演にかかわっていない。

その間、一八九九年の大規模な改築後の「新しい」セント・ジェイムズのこけら落としのために作品を書いてくれるように、アレキサンダーはピネロに依頼した。だがピネロは次のような手紙で断った。「ねえ、アレック、はっきり言って、僕らは一緒に仕事をしてはいけないと思う〔…〕君が自分の劇場の君主であることにプライドをもっていることは分かる。だが僕も自分の仕事に関して、同様の絶対的立場にあるのだ。〔…〕君と一緒に公演に臨んだ時、僕が権威を振りかざすことを、君が憤慨しているといつも感じていた。〔…〕そう、我々の小さな王国に二人の君主は要らないのだ」（メイソン 一二二 - 一二三）。この手紙はそれぞれが自分の才能に自信があると同時に、相手を理解し、尊重していればこその関係の難しさを如実に示している。

だが、アレキサンダーはそれを乗り越え、なおピネロの才能を評価し、演劇界のために彼がどうしても必要という信念をもっていた。それが示されるのは一九〇四年のことである。この年ウィンダム劇場で上演されたピネロの『笑わない妻』はそれまでにない酷評を受けた。これによりピネロが劇作家としての名声を失うならば、演劇の地位の低下は避けられないという危機感を抱いたアレキサンダーはピネロに手を差し伸べ、できるだけ早く、好きな主題で、好きな劇を書いてくれるように要請した。喜んだピネロはすぐに応じ、その結果が『家治まりぬ』であった。これはアレキサンダーのキャリアの中でもっとも成功した演劇で、四二七回公演された。

このように二人がうまく機能すると、当時のセント・ジェイムズの観客を大いに満足させたことが想像できる。しかし、それはあくまで二人が舞台に展開させる世界を違和感なく受け入れ、楽しむことのできる観客があってのことである。ピネロはヴィクトリア朝の上流階級の人々の心理をよく理解していて、それに逆らわない劇作に長けていた。細部にこだわり、ステージ効果を高めることも得意だった。だが、人生についての洞察力は深くはなく、社会の変化に耐えることは難しかったと思われる。

折しも世の中はヴィクトリア女王の崩御に続くエドワード王朝となり、それまでの自己満足的な態度への批判、反省が起こり、新しい価値観を求めて模索する時代になってきた。演劇界もバーカーやショーによる改革の動きが活発化してくる。しかし、アレキサンダーは改革には目を向けようとはせず、依然として自分の路線に固執した。したがって、彼亡きあとに、セント・ジェイムズの行く手が混沌とするのは必然であったともいえるのである。

だが、アレキサンダーとピネロの協働でファッショナブルな人々を魅了して、一大ブームを引き起こしたウェルメイド・プレイの伝統は、セント・ジェイムズ劇場が姿を消したあとも、サマセット・モームやノエル・カワードへと引き継がれ、形を変えながらもイギリス演劇界に息づいているのである。

（1）「皆様、私のマネージャーとしてのささやかな経歴の中で、私はいつも皆様のご愛顧を受けてまいりました。ですので、今晩のお気障りのご様子には大変心を痛めております。私共は最善を尽くしたつもりですが、これからはよりよい演技ができますように努めてまいります」という内容。（エデル　四七八）

参考文献

Beckson, Karl. *London in the 1890s: A Cultural History*. New York: Norton, 1992.
Booth, Michael R. and Joel H. Kaplan, eds. *The Edwardian Theatre*. Cambridge: Cambridge UP, 1996.
Borsa, Mario 1908. *The English Stage of Today*. Trans. and ed. Selwyn Brinton. London: John Lane The

Bodley Head..

Campbell, Patrick. *My Life and Some Letters*. New York: Dodd, Mead and Company, 1922.

Foulkes, Richard ed. *British Theatre in the 1890s*. New York: Cambridge UP, 1992.

James, Henry. "Guy Domville" *The Complete Plays of Henry James*. Ed. Leon Edel. Oxford: Oxford UP, 1990.

---. *The Complete Notebooks*. Eds. Leon Edel and Lyall H. Powers. New York: Oxford UP, 1987.

---. *Letters*. Vol.3. ed. Leon Edel. Cambridge: Cambridge UP, 1980.

Kaplan, Joel H. and Sheila Stowell. eds. *Theatre & Fashion*. Cambridge: Cambridge UP, 1995.

Mander, Raymond, and Joe Mitchenson, eds. *The Lost Theatres of London*. London: Rupert Hart-Davis, 1968.

Mason, A .E .W. *Sir George Alexander and the St. James' Theatre*. London: Macmillan, 1935.

Pinero, Arthur Wing. "The Second Mrs. Tanqueray" *Pinero: Three Plays*. London: Methuen, 1985.

Powell, Kerry. ed. *The Cambridge Companion to Victorian and Edwardian Theatre*. Cambridle: Cambridge UP, 2004.

Rowell, George. *The Victorian Theatre*. Oxford: Clarendon P, 1967.

Shepherd, Simon. *The Cambridge Introduction to Modern British Theatre*. Cambridge: Cambridge UP, 2009.

Taylor, John Russell. *The Rise and Fall of the Well-Made Play*. 1967. (Routledge Revivals. Kindle, 2013)

Wilde, Oscar. "Lady Windermere's Fan" *The Plays of Oscar Wilde*. New York: Vintage Books, 1988.

---. "The Importance of Being Ernest" *The Plays of Oscar Wilde*. New York: Vintage Books. 1988.

コラム2

ヘイマーケット劇場

ヘイマーケット劇場はウェストミンスター地区、ヘイマーケットにある劇場で、1720年に創設され、現在もなお使用されているロンドンで3番目に古い劇場である。その歴史においていくつかの重要な改革があった。その一つは1873年、他劇場に先駆けてマチネを導入したことである。また1875年にバンクロフト夫妻が経営権を引き継ぐと、彼らは収益を向上させるため、ピットを取り除いて、ストールに変えるという大改革を断行した。ヘイマーケット劇場のピットはロンドンで一番広々として、舞台の見通しもよく、評判の良いピットだった。改築後の初日は幕が上がると、まるで「給餌時間のライオンの檻のような騒ぎ」(モード168)で、「ピットはどこだ」と怒声や罵声が鳴りやまなかったという。しかし20分もすると落ち着き、思い切った改築は成功した。また客席と舞台を仕切る部分に額縁のような美しいプロセニアムアーチがつけられたのも、この時の改築の一環であった。

バンクロフト夫妻から経営権を引き継いだハーバート・ビアボーム＝トリーは情熱的に劇場の経営にあたった。セント・ジェイムズ劇場とともに、オスカー・ワイルドの作品の初演劇場であり、『つまらない女』(1893)、『理想の夫』(1895)を上演したが、いずれも大人気だった。批評家のクレメント・スコットは『つまらない女』は前作の『ウィンダミア卿夫人の扇』に比べて、ワイルドの人間描写がきわだって深みを増し、トリーの演技力もすばらしいと高く評価している(『イラストレイテッド・ロンドン・ニュース』1903年8月5日)。(藤野)

ヘイマーケット劇場(2013年8月撮影)

参考文献

Cyril Maude. *The Haymarket Theatre: Some Records & Reminiscences.* London: Grant Richards, 1903

3章

ドゥルリー・レーン劇場

―ダン・リーノとパントマイム・ワンダーランド―

藤岡　阿由未

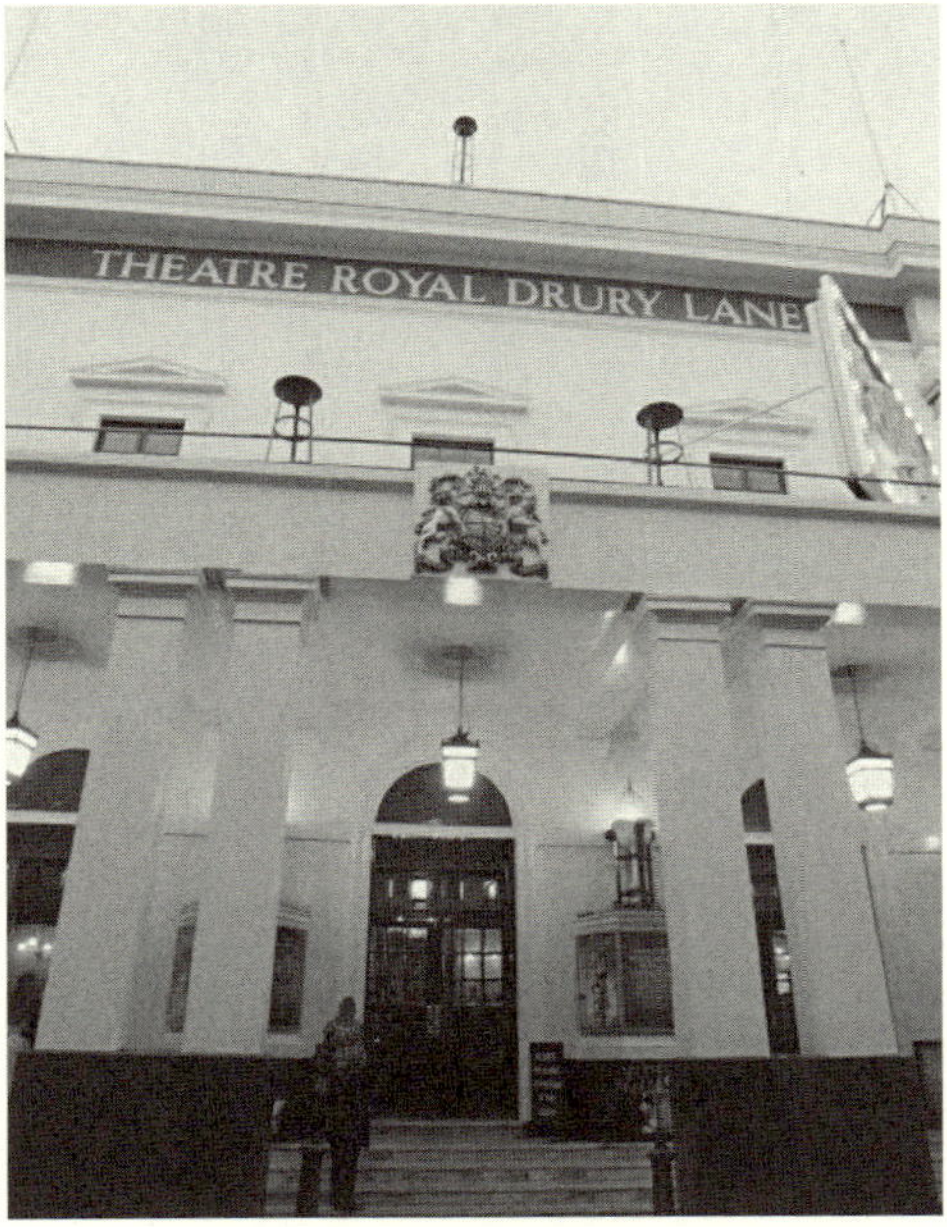

ドゥルリー・レーン劇場（2013年９月撮影）

1 ドゥルリー・レーン劇場

グレーの服の男、年老いた道化、女装のコメディアン―コヴェント・ガーデンにほど近い古めいた劇場、シアター・ロイヤル・ドゥルリー・レーン（以下、ドゥルリー・レーン劇場）に住む有名な三人の幽霊たちである。三人はそれぞれ、この劇場で活躍した十八世紀の俳優ジョン・バックストーン、十九世紀前半のクラウン芸で有名なジェセフ・グリマルディ、そして十九世紀末から二十世紀初頭に女装のコメディアンとして国民的スターとなったダン・リーノ（一八六〇 - 一九〇四）である。見えない彼らに会うための劇場ツアーが、現在の観光客には人気を集めている。劇場の空間には、それぞれの時代に熱狂を生み出した時間が堆積し、もう一度現れてほしいスターを、私たちはこうして呼び出しているのかもしれない。

現在のドゥルリー・レーン劇場のホワイエに飾られる多くの劇作家や俳優の肖像や彫像は、王政復古期から三百年以上もの間、この劇場が英国演劇における創造の中心としてきわめて重要な役割を担ってきたことを示している。一六七四年、トマス・キリグルー率いる国王一座が拠点とする勅許劇場としてドゥルリー・レーンは誕生する。そしてジョン・ドライデンが座付き作家となった時期、トマス・ベタートン、デヴィッド・ギャリック、エドマンド・キーンなどによるシェイクスピア上演の数々、右のグリマルディの活躍も、すべて劇場の歴史に刻まれているのである。そして一八四三年の劇場法改正以降、現在に至るまで、ドゥルリー・レーンはストレートプレイの上演に加えエンターテイメントの拠点としてパントマイムやミュージカルの発展を支えてきたのである。

十九世紀末のドゥルリー・レーンでは、マイニンゲン一座のロンドン公演やワーグナーを含むグランド・オペラを次々と成功させた敏腕マネージャー、オーガスタス・ハリス（一八五二‐一八九六）が、伝統的なクリスマス・パントマイムの改革を行い、この劇場の新しい興行スタイルを作り話題を集めていた。誰もが知る児童文学や民話―『ジャックと豆の木』『眠れる森の美女』『シンデレラ』『不思議の国のアリス』など―を子ども向けの台詞劇として上演し、クリスマス期から春先までロングランを行ったのである。こうした演目は、現在ではむしろディズニー映画でおなじみだが、時系列で言うなら子ども向けパントマイムが先に始まり、ディズニー映画の上映はそれより二、三十年ほど遅れて始まったという順序である。

ヴィクトリア朝演劇研究者ブースが「ヴィクトリア朝の劇形式で現在までこれほど変わらず存続しているのはパントマイムだけである」（二〇〇二）と指摘するように、英国の劇場では現在でもパントマイムは当時のスタイルを保ち、毎年各地で上演されている。当時から現在に至るまで、ファンタジックなスペクタクル、異性装の主役、歌、ダンス、お笑い芸といった多様な要素が混在するエンターテイメントとしてパントマイムは人気を保っているのである。二十世紀初頭の英国に滞在していた夏目漱石もパントマイムに魅了された観客の一人だった。「舞臺の上に馬が出てドシドシ駆けて歩いたり、あるいは舞臺から噴水が出て、その噴水がしかも五色の色に變って行ったり、舞臺の上へ百人近くの女が十人位づつ一組になって、その一組が同じ着物で互いに離れたり合ったりして舞ひ、中には羽翼を生して飛んだりするので、その美は想像も及ばない事でして、毎年その美しさが増して来るのです」（五一二）。目を瞠る美しいシーン、そして多彩な要素が混在する空間は観客にとって、漱石の言うように「想像も及ばない」、いわばワンダーランドである。

本章では、十九世紀末から二十世紀初頭に爆発的な人気を集めたクリスマス・パントマイムについて取り上げたい。英国演劇史において、当時のパントマイムは次の二つの意味において重要だと言えるだろう。第一に、同時代の英国演劇界への影響の大きさが挙げられる。ストレートプレイの劇作家J・M・バリ、バーナード・ショー、ハーリー・グランヴィル・バーカーはパントマイム戯曲を手がけており、また舞台の象徴主義が普及しなかった英国演劇においてパントマイムが舞台の様式化の手がかりを演出家へ与えることにもなった（藤岡 一四五 - 六〇）。そして第二は、当時のドゥルリー・レーン劇場でパントマイムが定型化し、現在に至るまで受容され続けているそのスタイルの独自性である。ここでは、長い間受容され続けるパントマイムの不思議な魅力を検討すべく、後者に焦点をあてることにしたい。

パントマイム研究が現在までに進んできていることは、十九世紀の大衆演劇の研究書『パフォーミング・センチュリー』の冒頭、第一章は「ボクシング・デイ」であることが如実に示している。それは、クリスマスのプレゼントの箱を開ける十二月二十六日を指し、その章の内容はクリスマス期に子どもが家族と連れ立って観るパントマイム上演を扱っている。ここではパントマイムは、ミドルクラスの観客層へのエンターテイメントであると同時にモラル・レッスンとして捉えられている。また、その他のパントマイム研究の中には、十九世紀後半の子どもへの見方の変化を基にした分析やパントマイムの帝国主義的な要素の分析もある。いずれにしても、パントマイムは一種の社会現象として多く語られてきたのである。パントマイムの中心となるパントマイム・デイム（女装した男優が演じるコミック・キャラクター）の研究も出てきている。パントマイム・デイムとは、伝統的に存在したキャラクターではなく、十九世紀末にミュージック・ホールの女装のパフォーマーであったダン・リーノが創出したキャラクターであり、その異性装に注目したジェンダー論は少なくない。しかしこの時期のパントマイムの不思議な魅力をそなえるスタイルを分析するとき、ドゥルリー・レーンの舞台で何が起こっていたのか、その詳細についてリーノを中心に検討する必要が生じてくるだろう。

本章では、パントマイムがどのような歴史をたどって十九世紀末に至ったのかをまずは確認するところから始めたい。そして、十九世紀末のドゥルリー・レーン劇場で行われたパントマイム上演のスタイル、またその中心的存在であったパントマイム・デイム、リーノの役割を検討していく。こうした検討によって、当時から現在へと途切れることなく続くパントマイムの不思議な魅力の核心が、いくらかでも明らかになるかもしれない。

2　新しいパントマイムへの道

パントマイムの歴史は台詞劇のそれよりも長く、紀元前二百年ごろのローマで、パフォーマーが音楽を伴奏に仮面を使って演じていた無言劇にまでさかのぼる。パントマイムは、以後も無言劇としても引き継がれるが、その一方で十五世紀には広場で行われる祝祭的なコンメディア・デッラルテとして開花する。そして十七世紀の初期のバレエにも枝を分け、十八世紀から十九世紀のヨーロッパ各国の大衆演劇の発展において、さまざまに変化していく。十九世紀初めの英国演劇におけるパントマイムの拠点は、勅許劇場の一つ、ドゥルリー・レーンである。本章冒頭で幽霊として登場したグリマルディが「高貴な野蛮人」と呼ばれクラウン芸で観客を魅了したのは、十九世紀の初めの二十数年のことである。コンメディア・デッラルテからの伝統がふたたびドゥルリー・レーン劇場の舞台に甦り、パフォーマーの身体表現によって因習や社会通念を転倒させる笑いが人気を集めたのである。

グリマルディが死去し、時代は変わってヴィクトリア朝期に入り、その内容は一変することになる。十九世紀半ばまでには、ミドルクラスのファミリーの観客が出現するようになるのである。すると、客席には子どもがいるからパントマイムは教育的であるべきだ、という主張が現れてくる。当時のパントマイムは無言劇ではなく、劇作家がオリジナル台本を書き下ろす劇である。タイトルロールはハーレクインのおなじみの道化たち、アルレッキーノ、コロンビーヌなどだが、それを演じたのはストレートプレイやメロドラマに出演している俳優であり、道化とは名ばかりの、教条的もしくは文学的なパントマイムだったのである。当然ながら、かつてのパントマイムが維持していた大衆的な活気に満ちた爆笑や社会通念の転倒は、ここには見られない。

コンメディア・デッラルテの道化の伝統はいったん途切れたものの、ふたたびパントマイムにその猥雑なエネルギーは戻ってくる。一八八〇年代初めにオーガスタス・ハリスが経営改革を行い、ミュージック・ホールの芸人を多数雇用して、ミュージック・ホールの歌や芸がパントマイムへ持ち込まれると、次第に人気を博するようになるのである。演目も一斉に入れ替わり、検閲にも支障なく通過する児童文学や民話が台本化され、ミュージック・ホールのパフォーマーが賑々しく舞台に立ち、異性装の二人―プリンシパル・ボーイという女性が演じる主役の男の子、および女装のパントマイム・デイム―が主要な役を担う。そして台本には載らない下品なジョークも飛び交い、まさに猥雑な活気にあふれた上演となったのである。

このようなパントマイムの変化を歓迎する多くの観客がいたことは確かだが、同時に異を唱え、変化を嘆く論調も見られるようになる。「このような歌は家庭の客間では許されるものではない。パントマイムは最も傑出したエンターテイメントとされているから、子どもをパントマイムへ連れていくのである。今後親子の観客はパントマイムから遠ざかることになるだろう」(アダムス 八八)。ミュージック・ホールの芸人が出演者の多くを占めるようになり、教条的なモラル・レッスンが大衆的なお笑い芸にとって代わったから、このような不満が出るのは無理もないだろう。

それでは、十九世紀のドゥルリー・レーンに登場したファミリーという新しい観客は、いったい何を求めていたのだろうか。ミドルクラスの親が子を連れて酒場でもあるミュージック・ホールへ出かけることはまず有り得なかったので、ミュージック・ホールのスターの歌や踊りやお笑い芸を唯一鑑賞できるのがドゥルリー・レーンだった、というのは理由の一つだと言えよう。しかし、パントマイムが定型となり時代を越えて引き継がれていくことを考えれば、他にも理由はあったのではないだろうか。

現代まで同じスタイルを保つパントマイムの型の輪郭がはじめて明瞭になったのは、ハリスの二度目の改革、一八九四年のことである。定型となったパントマイムは、以下のような特色を備えていたと言える。まずはロングラン・システムにより拡大した興行の予算をもとに、広く知られた物語を台本化し、最新の技術であった水圧リフト、電気照明などを採用して演出の幅を格段に広げた点が挙げられる。また、戯曲上演と笑いの要素のバランスには細心の注意が払われ、ミュージック・ホールの芸人は厳選され、下品なジョークは減少し、役柄の階層が上がるなど、リスペクタブルな要素が増えた点も認められるだろう。加えて、ストレートプレイの俳優が採用される一方で、芸人には俳優としての仕事を要求するというキャスティングの特色もある。世紀転換期にハリスからアーサー・コリンズ（一八六三‐一九三二）の手に委ねられたドゥルリー・レーンのパントマイムは、以上のようなハリスの改革の特性がそのまま引き継がれていった。

この時期のパントマイムへの反応は、賛否両論さまざまである。一方で、目も眩むスペクタクルの美しさを新しい時代への希望とともに受容する、というのが賞賛側の態度だと言えるだろう。しかし他方では、パントマイムに嫌悪感を表す声も大きく、否定派の論客にはバーナード・ショーもいた。「華麗で騒々しい無法地帯、ひどく退屈で気力を奪われるとでも言おうか。パントマイムは外面にのみ気を使っていて、知性に訴えることがまるでない」（『サタデーレビュー』一八九八年一月一日）。十九世紀の末に行われていたパントマイムは、インテリからすると知性がなく、享楽的で無駄な浪費という捉え方があることがわかる。しかしいずれにしても、賛否両論を巻き起こすほど、無視できない大きな影響力があったことは間違いないだろう。

3　パントマイムの構成—『ジャックと豆の木』（一八九九‐一九〇〇）上演

それではパントマイムの構成はいったいどのようなものだったのだろうか。一八九九年に上演された『ジャックと豆の木』を例にしてみよう。ジョゼフ・ジェイコブスが編んだ『イングランド民話集』を基礎にした台本のあらすじは次の通りである。ジャックは母親に言われて牝牛を市場へと売りに行く。しかし、途中で会った男の豆と牛を交換してしまう。家に帰ると怒った母親に豆を庭に捨てられるが、次の朝にその豆は巨木へと成長していた。ジャックは豆の木を登り雲の上にある巨人の城にたどりつく。ジャックを見た巨人の妻は夫は人食いなので早く逃げるように言うが、ちょうど巨人が帰ってきてしまう。巨人の妻はジャックを隠すが、巨人はイングランド人の匂いがすると言う。巨人が寝た後、ジャックは金の卵を産む鶏を奪って家に戻る。その後、ジャックはまた豆の木を登り金と銀の入った袋を奪う。しかし、ハープを持っていこうとした時にハープが喋り出し巨人は起きてしまう。急いで地上に戻ったジャックは豆の木を斧で切り、追って来ていた巨人は落ちて死んでしまう。そして裕福になったジャックと母親は幸せに暮ら

ドゥルリー・レーン劇場でのパントマイムのリハーサル
所蔵 V&A Theatre Museum Collections

す、という誰もが知る物語である。

配役表の最上位には、通常主役が記されるが、ここにダン・リーノがジャックの母親役として配されている。その下に記されるリーノの相方ともいうべきコメディアン、ハーバート・キャンベル（一八四四‐一九〇四）はジャックの弟役である。痩せて小柄なリーノが母親役を、背が高く太ったキャンベルがいたずら好きな半ズボン姿の子どもの役を務める。また物語上は主役のはずのジャックは配役表の下位にあり、プリンシパル・ボーイとして、オーストラリア出身の若手女優が配役されている。三幕仕立ての長いプログラムは、すべて上演が終わると五時間ほど経過していた。一、二幕の『ジャックと豆の木』が主なプログラムであり、無名の若手による三幕のハーレクインの寸劇まで、すべての観客が劇場に残っていたとは考えにくい。それを裏書きするように、劇評でも三幕について触れた記事はほとんど見当たらない。

それでは『ジャックと豆の木』一幕、二幕の構成をプログラムおよび劇評（『タイムズ』一八九九年十二月二七日、『スケッチ』一八九九年十二月二七日）から概観してみよう。一幕冒頭は、デイム・トロット、つまりジャックの母親役のダン・リーノが一人舞台に出てきて日記を開き、過去の出来事を回想するシーンから始まる。続いて回想の中のデイム・トロットの家。かなり大柄なキャンベル演じる下の息子がいたずらばかりするので追い回している母の場面である。歌とコミカルな掛け合いのなかで、女性の声でしかりつけているうちにリーノの声は突然男らしくなって笑いを誘い、おばさん役で定着しているリーノはわざところんでスカートがめくれあがって、また笑いを誘う。リーノの歌のうまさ、体の動きの機敏さが、こうした何気ない場面に笑いをもたらすのである。その後の市場のシーンでは、牛を売ろうとするジャックの前で、擬人化されたブロッコリー、ジャガイモ、人参などの野菜たちが歌って踊りだす。このような物や動物の擬人化は当時のパントマイムにおいて初めて採用され、定着した要素の一つである。市場で豆と牛を交換してきたジャックを母がしかり、庭に豆をばらまく。翌朝豆の木が巨木になっていてリーノ演じる母は大げさにおどろき、またいたずらをする弟を追いかけ回す。ジャックはぐんぐん木に登っていき、ここで舞台に持ち込まれた大きな豆の木の装置に最新技術を駆使したアクロバティックな宙吊りが披露されるのである。一幕の最後は、地上に残るリーノを中心とした「ランド・オブ・ハーモニー」の合唱である。このように、一幕は、リーノを中心として、歌、ダンス、コミカルな掛け合い、アクロバットなど多様な要素によって構成されていることがわかる。

二幕は上空のシーンから始まる。コーラスガールによる上空の別世界へといざなう歌が披露され、彼女たちはどういうわけか、当時の人気イラストレイター、ルイス・ウェインがデザインした猫の服を着ていたという。ダイニングルームには、巨人が結婚相手と考えている王女さまを閉じ込めている。この巨人は明らかに南アフリカの首相、ポール・クリューガーに似せて造形されたという。英国人からダンスを習ったという巨人は、王女とウエディング・パーティのダンスの練習をするが、二人のステップは合わない。当時はボーア戦争中であり、栄華を極めた帝国が初めて苦戦を強いられたという国際時事問題がパントマイムに折り込まれているのである。そして最終場、巨人のセットが最後にドスンと落ちてくる爆音が鳴り響き、舞台には空から落ちてきた巨人の身体のセットが持ち込まれた。ジャックが巨人のうえに立って勇ましく愛国的な歌をうたうと、巨人のポケットから本物の英国の植民地軍服姿のパフォーマーたちがとび出てくるという、時事的な描写がクライマックスとなっている。そしてジャックは王女と結ばれ、最後は結婚式で締めくくられる。ここで再登場するリーノとキャンベルは、コミカルな掛け合いで舞台上を駆け回り、最後は「世紀末」という歌をリーノが中心となって合唱して幕、となる。

こうしてみると、パントマイムの構成としては、一応プロットが機能していることがわかる。それは誰もがよく知るおとぎ話である一方で、観客にとって同時代の要素が相当強調されていることも確認できた。流行や時事的な話題、政治などが盛り込まれ最新の技術を駆使されているのである。もちろん戯曲上演の方法と引き比べると、それはあまりに荒唐無稽で脈絡がない。しかし多くの劇評には賛辞が目立ち、一例を挙げるなら次のようなものがある。「美しい寓話的なファッション、この世紀の不思議と発見と発明そのすべてがここにある。どの世紀よりもすばらしい世紀だったと感じられる」(『スケッチ』一八九九年十二月二七日)。

『ジャックと豆の木』のような構成、すなわち児童文学をベースにパントマイム・デイムを中心として歌、ダンス、笑いというさまざまな要素が混在するスペクタクルは、他のパントマイムの演目においても同様のことが言える。いったいどのような要素が、それほど観客を魅了したのだろうか。パントマイムの構成を成立させるために欠かせない、次の二つの要素に注目したい。第一に、上演全体にジェンダー、人種、時事などのトピックにおいて、因習の転倒、社会通念に別視点を与える笑い、つまり異化がちりばめられていること。そして第二に、観客は上演へ感情を強く同化させている点である。物語への同化のみならず、同時代のコミュニティへの同化を、上演から読み取ることができるのである。ファミリーという最小単位のコミュニティが新しい観客になり得たのは、パントマイムのこのような要素によるのかもしれない。それでは、これら二点についてダン・リーノの役割を注視しながら分析していくことにしよう。

4　パントマイム・デイム、ダン・リーノの役割

貧しい芸人の両親のもとロンドンに生まれ、幼いころからミュージック・ホールに出演していたリーノは、成長するにつれ抜群の人気を得るようになり、一八八八年のドゥルリー・レーン劇場のハリスによるパントマイム改革の際に、主演俳優として抜擢される。以後、『ハンプティ・ダンプティ』、『美女と野獣』、『ロビンソン・クルーソー』、『シンデレラ』、『青ひげ』、『マザー・グース』など、次々とドゥルリー・レーンのクリスマス・パントマイムの主演を務め、一九三〇年まで先取りしてドゥルリー・レーン・パントマイムの主演俳優としての契約をしていたという稀有なパフォーマーである。劇界での高評価と高収入はリーノの生活を変え、一八九〇年代にはすっかりアッパー・ミドルクラスと同様の生活をし、私生活では幸せな家庭を育み、少ない休日にはクリケットを楽しみ、「ミ

ダン・リーノ
所蔵 V&A Theatre Museum Collections

ュージック・ホールのアーティスト基金」を含めいくつかの基金を設置または出資し、一八九八年にはキャンベルらとベンチャーを企画、またフルハムにグランヴィル劇場を建設・開場し、名実ともに演劇界に影響力をもつ人物となる。一九〇二年に精神を病んで一九〇四年に四三歳で死去するまで、リーノは休むことなくパフォーマーとして舞台に立ったのである。

リーノがパントマイム上演においていかに大きな役割を果たしたかについては、彼が死去した後に出された数多くの追悼記事が示している。「リーノの仕事には、ロンドンの裏路地のにおいがする。彼がみせる希望、喜び、悲しみ、創造の野心は、辻馬車引きの心の地平と同じ位置にある。彼の持ち歌のなかで一番おもしろいのは、『泥棒の頭』である。[…] これをダン・リーノ的というほかにどう名づけることができるだろう。紐をつたいながら歌う楽器をどうにか盗んできて、リーノが観客の前に出た途端、その紐に足がからまり後ろ手に縛られる格好になった。リーノがフロアに転がると、楽器が歌いだし、リーノが短剣でどうにかそれを突き刺そうとして転げまわる。観客は笑い疲れるまで笑っている」(『プレイゴワー』一九〇六年六月)。即興的でコミカルな反応、歌のうまさ、身体技能の卓抜さ、そして俳優のような演技力については、リーノが繰り返し劇評で賞賛された点である。ここでは、パントマイム上演において欠かせない異化、および同化についてリーノを中心に考察していこう。

パントマイムが異化しようとする項目、ジェンダー、人種、時事問題などのなかから、まずはジェンダーに注目したい。当時、異性装のパントマイム・デイムの存在に対しては賛否両論あった。女装は不必要、好ましくない、気持ちが悪い、などの否定的な捉え方も少なくなかったのに対して、前節で述べたように女装がリーノの喜劇性の重要な要素であったことは、「舞台上のダン・リーノがもっとも輝いていたのは女性を演じている時だった」（『デイリーテレグラフ』一九〇四年十一月一日）という評価のとおり疑いようがないだろう。最近の研究では、例えばヴィクトリア朝のジェンダー規範を揺るがす存在としてのパントマイム・デイム、あるいはリーノの存在によって、ヴィクトリア朝文化の表面化しにくい女性たちの欲望があらわれるという見方などがあり、またパントマイム・デイムの面白さは、男性器をもつ女性という緊張感が笑いを生み出すという趣旨の研究（シェネリック　二二八―五七）もみられる。いずれにしても、パントマイム・デイムがジェンダーに関わる新しい視点を観客に提供するという見方において共通していると言えるだろう。

ジェンダーのみならず、人種や政治における異化もパントマイムには数多く含まれ、そのたびに劇場に大爆笑が起きていたであろうことは、想像に難くない。いくつか例を挙げれば、当時ウエストエンドで流行していたイプセン流の問題劇を取り上げ、問題劇を観ていると眠くなるというアドリブで笑いを誘ったり、また『ロビンソン・クルーソー』のなかで植民地の原住民を登場させて笑いの対象にした例もある。また、当時盛んだった婦人参政権運動家のズボン姿の女性服をパントマイム・デイムが着用して笑いをとったこともあり、同時代に対する鋭敏な感覚と多種多様な異化が見て取れるのである。このように笑いをいとも易々と引き起こしているかのようなリーノは、意外にもインタビューで次のように答えている。「わたしの今のポジションに対して何か罰のようなものがあるとするなら、常に新しいアイディアを考え、取り組み続けなければならないことです」（『イングリッシュ・イラストレイテッド・マガジン』一九〇二年一月）。ミュージック・ホールの芸人としてキャリアをスタートさせたリーノは、コミック・ソング、ダンスなどの芸を即興で観客とかけ合いをしながら披露していくスタイルを早くから習得していた。こうした即興性を利用しながら、リーノは、常に同時代の社会をさまざまな角度から相対化し、異化する能力に自ら磨きをかけるコメディアンだったと言える。

それではパントマイムに欠かせない同化において、リーノはどのような役割を担っていただろう。ここでは当然ながら、コメディアンの質以外の要素も必要になってくる。関連記事を見てみよう。「以前は（どこか消化不良でゆえに良いはずがない）いわゆるミュージック・ホール上がりの芸人が多すぎた。その中ではダン・リーノやハーバート・キャンベルなどの特に優れたコメディアンたちはパントマイムのあらゆる要素に適していることを証明しにくかった。だが一八九四年のシーズンには、最も気難しいインテリを満足させるくらい多くを証明したと言える」（『パンチ』一八九五年一月十二日）。右にみられる「パントマイムのあらゆる要素」とは、いったい何を指しているのだろうか。一八九四年にドゥルリー・レーンでは、パントマイムは脱ミュージック・ホール色を決定し、演技力のある芸人を厳選し、笑いを維持しながらもミドルクラスのファミリー家族で観られるぎりぎりのラインを示す改革を行った。その中心には、即興ではなく児童文学や民話から取材した台本が存在しており、それを演じるという俳優の仕事を欠いては成立が難しい。とすると、コメディアンの質のみならず俳優の質もまた新しいパントマイムには求められたということになる。

俳優の演技の質については、一八八〇年代から起こっていた演技論争を参照しておくべきだろう。戯曲の役を代行する俳優は、俳優自身のパーソナリティを可能な限り消去して客観的に役を演ずるべきか、あるいはパーソナリティをむしろ核として役を演じるべきかという議論が起こり、最終的にはパーソナリティを中心にした演技が劇界では広く承認されることになる。コメディアンのみならず俳優の質をもパントマイムのパフォーマーに求めたことは、明らかに演技論論争を踏まえている次の評伝からわかる。「彼のパーソナリティがもちろん基礎にある。だが多くの役柄を演じてきた彼を見てきて、わたしの心に焼き付いているのは、ダン・リーノが特定の女性の役を演じているというようなものではなく、もし彼がその女性自身だったらこんな感じなのではないかというダン・リーノの姿である」（ウッド　一一九）。つまりリーノは、戯曲上演における俳優の仕事に完全に踏み込んでいたと言えるだろう。それは、実現しなかったものの、一九〇三年ハーバート・ビアボウム＝トリーの興行で『リチャード三世』のタイトルロールが用意されていたことからもわかる。

以上から明らかになったのは、上演の中心となるパントマイム・デイムがコメディアンと俳優という二つの質を兼ね備えることによって、パントマイムに不可欠の異化と同化が成立するということである。リーノがそれらの質を備えていたからこそ、多様な要素が入り混じる荒唐無稽なワンダーランドの中心となりえたのではないだろうか。ドゥルリー・レーン劇場の座付き指揮者のジミー・グローバーは、リーノがすべての要素をまとめ上げるパントマイムの王のような存在だったことを明かしている。「リーノがドゥルリー・レーンのすべての要素を即興的にしたというのが全体の印象だ。〔…〕ドゥルリー・レーンでの成功作はすべて彼のために書き下ろされたものである。そして歌もすべて彼にあてて作詞されたのだから」（一五三―五四）。

5 ダン・リーノ以後のパントマイム

ダン・リーノがこの世を去った一九〇四年は、皮肉なことにパントマイムの爛熟期となった。ストレートプレイの劇作家や俳優たちがパントマイムの要素をさまざまな方法で取り入れ始めるのである。グランヴィル・バーカーによる大人向けのパントマイム『プルネラ』初演、そしてデューク・オブ・ヨークス劇場では、J・M・バリ作『ピーター・パン――大人にならない少年――』初演が行われ、以後毎年ロングランを組むほど人気作となったことはよく知られている。ピーターをプリンシパル・ボーイとして若手女優が演じ、子どもたちが空を飛んでファンタジックな世界への冒険を繰り広げるこの上演は、パントマイム以外の何物でもない。また、サヴォイ・オペラでの音楽劇を手がけてきたW・S・ギルバートはパントマイムのパロディ『妖精のジレンマ』を舞台にかけ、さらには、フック船長役を断って、この年からパントマイムを意識したシェイクスピア戯曲の上演を手がけたトリーの例（メイザー　七二）も含めると、パントマイムが同時代の演劇へ与えた影響は無視できないものだったと言えるだろう。

その一方、ドゥルリー・レーン劇場が生み出したパントマイムの形は、そのまま他の劇場や会場へと広がり、継承され、現在もまったく衰退の兆しはない。今ではロンドンにあるリージェンツ・パークの野外劇場でパントマイムが上演され、子ども連れのファミリーの観客で会場がにぎわうのは、毎夏恒例の風景になっている。また、リーノがその原型を創出したパントマイム・デイムのバリエーシヨンは、例えばテレビ番組『モンティ・パイソン』や『リトル・ブリテン』で人気の女装のコメディアンを挙げるまでもなく、大衆文化に浸透していくのである。

十九世紀末のパントマイムの魅力の核心を探るべく、本章ではまず新しいパントマイム誕生までの軌跡をたどり、新しいパントマイムの構成を分析し、その中心的役割を担ったダン・リーノがどのような役割を果たしたかを検討してきた。コンメディア・デッラルテからの伝統―笑いによる因習、社会通念の転倒―を再びよみがえらせたのはミュージック・ホールの芸人であり、彼らがそれをパントマイムに持ち込んだことは、すでに見た通りである。このような異化の要素とともに、物語への同化、同時代への同化というパントマイムの要素は、ストレートプレイの俳優と同じくパーソナリティを核に役を造形したからこそ可能になったことが明らかになった。パントマイムの異化と同化は、上演の中心となるパントマイム・デイムがコメディアンと俳優という二つの質を兼ね備えることによって成立していたのである。パントマイム・デイムを創出したリーノが死去した際、批評家マックス・ビアボウムは、当時生まれたばかりのシネマトグラフで撮影すべき人物としてリーノを挙げ、次のように語っている。「ダン・リーノには永遠に生きてほしかったと思う。彼ほど不滅がふさわしい俳優は、われわれの時代には、ほかに見当たらないだろう」(三五二)。

なぜこの時期にドゥルリー・レーン劇場で新たなパントマイムの形が生まれ、定着し現在まで至っているのかという問いに対して、以上のようにいくらかの答えを見出すことはできたが、もちろんその不思議な魅力がすべて解き明かされたわけではない。同時代の批評家ウィリアム・アーチャーの言葉は示唆的である。「どんなものも取り込む限りない柔軟さがパントマイムの枠組みにはある。詩、ファンタジー、パロディ、風刺、意味あるもの、無意味なものや乳児期の言葉にならない言葉も、そして人生についての鋭い批評でさえも」(xiii)。パントマイムの世界は、アーチャーの言うように多彩であるのみならず意味と無意味の両義をも含み、安易な解明を退けるかのようである。しかしながら、こうした多彩さと両義性の入り混じる不思議こそが、パントマイムの生命を保つ理由だと言えるだろう。そして、ワンダーランドには要となるパントマイム・デイムの存在が欠かせない――少なくともこの点については明らかになったのではないか。

* * *

付記

本章は二〇一三年六月二十二日に日本演劇学会全国大会において口頭発表した原稿に加筆・修正を加えたものである。

参考文献

Adams, W. Davenport. 'The Decline of Pantomime,' *The Theatre n.s., vol.* V. 1 February, 1882.
Archer, William. *The Theatrical 'World' of 1893*. Walter Scott, 1894.
Beerbohm, Max *Around Theatres*. Taplinger Pub. Co., 1969.
Booth, Michael R. *Theatre in the Victorian Age*. Cambridge U.P. 1991.

Davis, C. Tracy. *The Performing Century: the Nineteenth-Century Theatre's History.* Palgrave Macmillan, 2010.

Glover, James M. *Jimmy Glover: His Book.* Methuen, 1912.

Mazer, Cary M. *Shakespere Refashioned: Elizabethan Plays on Edwardian Stages.* UMI Press, 1980.

Senelick, Laurence *The Changing Room: Sex, Drag, and the Theatre,* Routledge, 2000.

(Saturday Review, 1 January 1898) Shaw, Bernard. *Our Theatre in the Nineties* Vol. 3. Constable and Co. Ltd., 1932.

Wood, J. Hickory. *Dan Leno.* Methuen, 1905.

夏目漱石「英国現今の劇況」『漱石全集　第一八巻』岩波書店、一九三七年.

藤岡阿由未「グランヴィル・バーカーの様式化への契機―様式化の空白期におけるファンタジー『プルネラ』上演の試み」『演劇学論集　日本演劇学会紀要』第四十四号、二〇〇五年.

コラム3

ハー・マジェスティーズ劇場

君主を劇場の名に冠したハー・マジェスティーズ劇場は、現在では『オペラ座の怪人』をはじめとするミュージカル劇場として親しまれている。劇場の瀟洒な概観、そして赤と金と白を基調としたアールヌーヴォー様式の内装は、1897年の劇場開場当時のロンドンの演劇文化の一面を今に伝えている。アクター・マネージャー全盛期―この時期の劇界は、まさに彼らの存在を軸に動いていたと言ってもいい。劇場を開場した大物アクター・マネージャー、ハーバート・ビアボウム＝トリーの城とも言うべき、ハー・マジェスティーズ劇場は、ウエストエンドでも、ひときわ華やかな空間を提供していた。客席には、上流階級の人々と共に、上流階級と見紛うばかりに着飾って、郊外から列車でやってきたミドルクラスの人々も大勢混じり、ロングラン・システムによって、1公演で何十万人もの観客を集めていた。

ハー・マジェスティーズ劇場の華々しい客席と舞台に加えて、この劇場には、もう一つ、重要な空間がある。劇場の最上階に位置する、トリー自慢の社交用の広間「ドーム」である。「ドーム」に貴族や代議士、また演劇好きの国王エドワードらを頻繁に招待し、舞台上からのみならず、社交の場でも客人たちをトリーは大いにもてなしたのだった。俳優の社会的地位が格段に引き上げられつつあったこの時期、トリーもこれに一役買っていたことになる。俳優が憧れの職業として、ミドルクラスの若者たちの目に映るようになったことは、劇界への入口としての演劇学校の需要を生じさせた一因であろう。1904年、ウエストエンドの劇場で、その後の英国演劇に少なからず影響を及ぼすことになる演劇学校が、同じ広間「ドーム」で生まれている。英国初の演劇学校と一般に言われるRADAの前身、アカデミー・オブ・ドラマティック・アートである。商業演劇界の華やぎを象徴するハー・マジェスティーズ劇場を、トリーは新しい試みの場としても提供したのだった。（藤岡）

ハー・マジェスティーズ劇場
（2013年9月撮影）

4 章

ロイヤル・コート劇場
―国立劇場への想像力―

藤岡　阿由未

ロイヤル・コート劇場（2013年９月撮影）

1　ロイヤル・コート劇場

「で、ケンブリッジでは、どうして本当の君ではない人間の振りをしてたんだ？」ケンブリッジ大学の教授マックスは、チェコスロバキアの留学生ヤンにたずねる。異文化を行き来する師弟の葛藤、「プラハの春」にゆれるチェコの民主化、ロックン・ロールの東側への浸透、という複数の文脈が交差する戯曲『ロックン・ロール』（トム・ストッパード作）初演は、ロイヤル・コート劇場再開場五十周年を記念して二〇〇六年に行われた。ケンブリッジという英国の知の中心を異文化によって相対化するモチーフは、いかにもロイヤル・コートらしい演目と言えるだろう。

二つの小劇場「アップステアーズ」「ダウンステアーズ」、ファッショナブルなカフェ、ブックストアを三階建ての建物に抱え、おのずと親密な雰囲気を醸す現在のロイヤル・コート劇場は、一八八八年の設立以来、ウエストエンドの喧騒から離れ、洗練されたカフェやギャラリーなどがあるスローン・スクエアに位置している。地図上のみならず劇界においても独特の位置を占め、親密さを特色とするこの劇空間は、ロイヤル・コートの伝統をそのまま今に伝えているのではないだろうか。

第二次世界大戦前まで二十年間映画館として使用されていたこの劇場は、一九五六年、演出家ジョージ・ディヴァインによって「われわれが目指すのは演出家中心の劇場でも俳優中心の劇場でもなく、劇作家の劇場である」（『タイムズ』三月三一日）と宣言され再開場に至る。これは、興行上のリスクを軽減して国内外の未知の戯曲を上演するチャレンジこそが、質の高い戯曲発掘のために必要だという主張である。その宣言どおり、最初のシーズンの演目には、ジョン・オズボーン作『怒りをこめて振り返れ』、アーサー・ミラー作『るつぼ』、ベルトルト・ブレヒトの『セツアンの善人』、サミュエル・ベケットの『エンド・ゲーム』、ウージェーヌ・イヨネスコ作『椅子』といった英国国内外の重要な劇作の初演が並ぶ。その後もディヴァインの宣言が継承されたことは、アーノルド・ウェスカー、エドワード・ボンド、キャリル・チャーチル、デイヴィッド・エドガー、サラ・ケインなど、ロイヤル・コートから世に送り出された重要な劇作家の仕事が表しているだろう。

現在のロイヤル・コート劇場は、国内外の劇作家のための「劇作家育成基金」[1]をそなえ、世界各国から送られてくる年間三千もの台本を査読する機関としても機能している。また、一九八〇年代の終わりからスタートした国外との提携上演や国外での教育活動は、現在では「グローバル・プロジェクト」と名を改めその範囲を広げてきた。一九九〇年代に芸術監督をつとめたスティーヴン・ダドリーは総括して次のように述べている。「ロイヤル・コート劇場は、過去五十年間英国における文化的生活の中心であったと言える。新しい劇作および絶え間なく変化する演劇をつねに起動してきたからである」（リトル、表紙）。これまでの歴史を概観すると、国際的な視野をもとに劇作家の仕事を評価するという試みこそがダドリーの言う「英国の文化的生活の中心」を形成していたということになるのかもしれない。ただし、「英国の文化的生活の中心」としてのロイヤル・コート劇場は、たんに二十世紀後半の半世紀の歴史のみを指すものではない。本章で扱うのは、ロイヤル・コート劇場が再開場した一九五六年からさらに半世紀さかのぼるが、この時すでに「英国の文化的生活の中心」としての劇場の姿が垣間見えるのである。

二十世紀初頭、演出家、劇作家、俳優であったハーリー・グランヴィル・バーカー（一八七七 - 一九四六）が統括し、J・E・ヴェドレンヌ（一八六七 - 一九三〇）がマネージャーとして経営面を支えた一九〇四年から一九〇七年までの三つのシーズンは、演劇史において意義あるものとして扱われることが多い。十九世紀末にヨーロッパで始まった近代演劇運動が、英国でもっとも成熟し展開したからである。運動の目的は、演劇をたんなるエンターテイメントではなく真面目な問題を扱う芸術の一ジャンルとして確立しようとすることだった。それを実現すべく、質の高い—興行的なリスクが高いため商業演劇が回避する—戯曲を上演し、観客が真剣に演劇に向き合うよう求めたのである。このような目的と方法は、そのまま英国へも移入された。英国では初めのころは会員制をとり、限られた観客のみがこの運動に賛同していたわけだが、一九〇四年に始まるロイヤル・コートのシーズンをもって一般客が劇場に入ったことにより、新しい演劇がここで確立したと見ることができるのである。したがって、ロイヤル・コートのシーズンは、一九五六年の再開場の際と同様に、良質な戯曲上演を試みる「劇作家の劇場」であったことになる。

その一方で、これらのシーズンは、別の文脈においてとりわけ重要な意味をもつ。ロイヤル・コートでのシーズンのスタートとともに、バーカーはウィリアム・アーチャー（一八五六 - 一九二四）と共同で『国立劇場の計画と見積』（一九〇四）を自費出版し関係各所に配布し、当時は存在していない国立劇場の青写真として、ロイヤル・コート劇場のシーズンを試みた経緯があったのである。この点に注目するサイモン・シェパードは、『英国近代演劇入門』の第一章を「国民の演劇の歴史」として一九六三年の英国国立劇場設立へ向かう道筋を示し、その発端を一九〇四年から一九〇七年のロイヤル・コートのシーズンとしている。シェパードは「国立劇場への道筋が、国民とは何かを定義することと切り離せないなら、国民にとって良質な演劇とは何かという問題と乖離することもない」（一）と述べて、国民とは誰を指すのか、国民の演劇とは何かという問いを軸にさまざまな試みについて記している。つまりシェパードは、近代演劇運動の開花ではなく、演劇と国民意識の結び目としてロイヤル・コートのシーズンを捉えるのである。

もちろん、ロイヤル・コート劇場が国立劇場構想の初期の拠点となりながらも、実際の国立劇場とは異なる歴史を重ねていったのは周知の事実である。しかしながら「国民の演劇とは何か」という問題について、二十世紀初頭のロイヤル・コートが何らかの役割を果たしたことは間違いない。では、一九六三年の国立劇場開場、および一九五六年のロイヤル・コート劇場再開場へ向かう端緒として、二十世紀初頭のロイヤル・コート劇場の空間で、国家および国立劇場への想像力がいったいどのように働いたのだろうか。国立劇場設立を夢見て、バーカーをはじめとする演劇人たちはロイヤル・コートで三シーズンの実験を試みたのである。

2　国立劇場構想の青写真としてのシーズン（一九〇四 - 一九〇七）

どのような上演も、作り手と受け手との相互関係によって完成するという前提は、ロイヤル・コート劇場のシーズンの場合も例外ではない。まずは作り手の側の意図を確認しよう。シーズンを国立劇場の青写真と考えたハーリー・グランヴィル・バーカーは、シーズンに先駆けて出版した『国立劇場の計画と見積』のなかで、国立劇場を次のように位置づける。「利益重視の演劇の追求から脱却することが肝要である。［…］国立劇場はロンドンの社会的、知的生活の一角を占めることになる。［…］国立劇場が人々の人気を集め、この共同体に一石を投じることは疑いようもなく明白である」（vii-x, xii-xiv.）。観客の好みを後追いする興行とは一線を画した「社会的、知的生活」を育むことで共同体を導き、その結果「共同体に一石を投じる」国立劇場の姿がここには記されている。

次に、国立劇場計画の骨子をまとめておきたい。まずは芸術監督制度を採用し、政府のコントロールから離れた十五名の専門家の委員会の推薦によって芸術監督を決める段取りが『計画と見積』には示されている。そして芸術監督の統括の下、レパートリー制が敷かれ、毎年九月半ばから翌年の七月末まで、文芸マネージャーとの議論を経てプログラムが組まれることになる。文芸マネージャーのもとで何名かのパートタイムの査読者が仕事をし、外国の戯曲および英国の新しい戯曲の採用を担当する。最初のシーズンは、年間三一四演目、三六三回の上演を行い、その中身は四つのカテゴリーに分類されている。シェイクスピア戯曲を一二四回公演、英国の同時代の戯曲を一〇六回、エリザベス朝から一八七〇年までの喜劇を六二回、外国の戯曲を三〇回である。そしてシーズンが軌道にのればシェイクスピアを減らして同時代の戯曲を増やすという。そして舞台の様式は主に同時代の劇の上演に適したものとしている。その他、各ポジションの年俸、簡素な舞台装置と衣装によって抑えられた制作費、演目に採用された同時代の劇作家への報酬などの見積の詳細が出されている（二九 - 四二）。

ここには一方で外国戯曲や古典に目を向けて多様性を確保し、他方で同時代の英国戯曲を重視しようとする姿勢が見て取れる。日替わりで演目を組むレパートリー制は、当然ながらロングランに比べて制作側の負担は大きいが、演目の多様性こそが「社会的、知的生活」を育むという考えがここに示されていると言えるだろう。そして「これまで書かれなかった新しい戯曲を」と『計画と見積』にある通り、文芸マネージャーのポジションを確保し外国と同時代の戯曲を恒常的に発掘しようと計画するのである。

以上のように、国立劇場の計画が発信されたわけだが、その第一歩としてのロイヤル・コートのシーズンはいったいどのようなものだったのだろう。バーカーは、シーズン開始の一年前、一九〇三年、アーチャーに宛てた手紙の中で構想を次のように語っている。

［…］コート劇場を半年から一年間借りて、ハウプトマン、ズーダーマン、イプセン、メーテルリンク、シュニッツラー、ショー、ブリューといった商業的ではない戯曲のストック・シーズンを行うのです。英国初演である必要はありません。二週間ごとに演目が新しくなる上演。専属の劇団員は不要。チケット代は高くても五、六シリング。主に寄付金で運営する劇団です。五千ポンドの保証が必要なら、五〇人が百ポンドずつ出せばいい。わたしはさまざまな戯曲や新しい演技を提供したいのであって、従来のかたちの整った「上演」は望んでいません。［…］国立劇場設立をずっと待ち続けているように思います。もしも国立劇場という拠点があったら、名の知れた巨匠の劇作家などは必要なく、良質で新鮮な戯曲を集めればよいのです。まずはそういう戯曲を輸入すべきでしょう（ケネディ　一九）。

『計画と見積』という構想と比較してみると、レパートリー制、助成金の代わりの寄付金、「良質で新鮮な戯曲」を中心に演目を組むプログラムといったキーワードが散見され、つまりは国立劇場のサンプルとしてのシーズンであることがわかる。『計画と見積』と合致しない点は、ロイヤル・コートが「名の知れた巨匠は必要ない」としたとおりシェイクスピアというカテゴリーをあえて避け、同時代の英国戯曲と外国の劇に集中しようとしていることであろう。ここで、実際に行われたロイヤル・コート劇場のシーズンの一覧表を見ておきたい。一方ではバーナード・ショー（一八五六‐一九五〇）を中心に、ジョン・ゴルズワージー（一八六七‐一九三三）、エリザベス・ロビンズ（一八五五‐一九三六）など英国の同時代の劇作を演目とし、また他方では「戯曲を輸入すべき」との言葉通り、W・B・イエイツ、アーサー・シュニッツラー、ヘンリック・イプセン、モーリス・メーテルリンクなどの海外戯曲、またギリシャ劇もラインナップされている。つまり、海外と国内、両方の戯曲群を配して「良質で新鮮な戯曲」のシーズンを実現しようとする意図が汲みとれるのである。

また、演目のラインナップのみならず、上演の実際でも「良質で新鮮な戯曲」を中心としていたことがうかがえる。当時のロイヤル・コートの演技のありようは、当時の英国のどの演技スタイルとも異なっていた。興行目的とは異なる戯曲中心の上演のため、スターの押し出しや過大なスペクタクルは必要ない。シーズンを通してほとんどの演目を演出したバーカーは、のちに『シェイクスピア劇への序文』のなかで自らの演出観を次のように述べている。

上演台本は、演奏を待つ楽譜と同じである。そして演奏も準備もほとんど最初から協同作業である。〔…〕円熟した劇作家は行動に生命を与えることができるが、それはつまり、戯曲の行動は文字通り登場人物と登場人物の葛藤であるから、その葛藤に耐えられるような明確で堅固な性格を、それぞれの人物に与えてやる必要がある（九）。

バーカーは演出において、戯曲を楽譜と見て、その魅力を最大限引き出すような「演奏」、つまりアンサンブル演技が不可欠であると考えているのである。ロイヤル・コートにはエレン・テリーやパトリック・キャンベル夫人などのスターも多く出演したが、観客にもっとも訴える要素を、馴染みのスターの魅力から、アンサンブル演技による「良質で新鮮な戯曲」上演の魅力へと完全に入れ替えたことになる。

それでは、受け手の側はそれをどのように受け止めたのだろうか。ロイヤル・コートの観客には、多くの

戯曲	劇作家	上演回数
Man and Superman	Bernard Shaw	176
You never Can Tell	Bernard Shaw	149
John Bull's Other Island	Bernard Shaw	121
Major Barbara	Bernard Shaw	89
The Doctor's Dilemma	Bernard Shaw	52
Prunella	Houseman and Barker	50
The Voysey Inheritance	Granville Barker	48
Candida	Bernard Shaw	34
The Silver Box	John Galsworthy	31
Votes for Women	Elizabeth Robins	29
The Electra	Euripides	23
The Hippolytus	Euripides	20
The Return of Prodigal	St. John Hankin	20
The Thieves' Comedy	G. Hauptmann	19
The Pot of Broth	W.B.Yeats	9
In the Hospita	A. Schnizler	9
How he Lied to her Husband	Bernard Shaw	9
The Trojan Women	Euripides	9
The Charity that began at Home	St. John Hankin	8
The Campden Wonder	John Masefield	8
The Philanderer	Bernard Shaw	8
Don Juan in Hell	Bernard Shaw	8
The Man of Destiny	Bernard Shaw	8
Hedda Gabler	Henrik Ibsen	8
Aglavaine and Selysette	M. Materlinck	8
The Wild Duck	Henrik Ibsen	7
Pan and the Young Shepherd	Maurice Hewlett	6
The Youngest of the Angels	Marrice Hewlett	6
A Question of Age	R. V. Harcort	2
The Convict on the Hearth	F. Fenn	2

ロイヤル・コート劇場の演目別上演回数一覧
出典　*The Court theatre 1904-1907*

知識人、政治家、上流階級の人々がいたことは、劇評などの資料からわかっている。また観客は、十三対一の割合で女性が多かったこと、そしてその女性たちはミドルクラスが中心ではあるものの貧しい身なりの下層から着飾った上流まで広い階層の出身者であったことを先行研究（ブース　一三〇-四七）は示している。こうした観客層はいったいどのように捉えられるだろうか。

受容の文脈はおそらく二種類あるといえる。一つは、ロイヤル・コートのシーズンを近代演劇運動の結実と捉える文脈である。会員制の「舞台協会」「エリザベス朝舞台協会」「新世紀劇場協会」などの上演は、作家、ジャーナリスト、政治家などを含む知識人を会員としていたから、ロイヤル・コートの観客にもこういった芸術至上主義の知識人たちが多く含まれていたことは間違いない。もう一つの文脈は、新しい演劇と社会革新を結びつける観客の受容である。ショーがロイヤル・コート初演を念頭に執筆した戯曲『キャンディーダ』、『ジョン・ブルの離れ島』、『人と超人』、『バーバラ少佐』などは、いずれも同時代の社会問題がテーマであり、異なる立場の登場人物が直接議論し、客席から議論に参加するかのような野次がとび一気に盛り上がる雰囲気は、上演を成功へ導いている。また、シーズンの上演演目にエリザベス・ロビンズ作『婦人参政権を！』が含まれていることからも、ロイヤル・コートの女性の観客が参政権運動に関連していたと考えてよいだろう。知識人の観客、市民運動の感覚をもつ観客が混在するロイヤル・コートでは、観客が大笑いし、大いに議論するという他の劇場にはない独特の状況があったのである。

国立劇場のサンプルとしてのロイヤル・コート劇場のシーズンが一定の成果を得たことは、明白である。一九〇七年にロイヤル・コート劇場でのシーズンを成功裏に終えて、バーカーらはウエストエンドの瀟洒なサヴォイ劇場へ拠点を移そうとしていたのである。その際に行われた盛大な「J・E・ヴェドレンヌとグランヴィル・バーカーを讃える夕べ」は、リットン卿が主催者となり、劇界で抜群の発言力をもつアクター・マネージャー、ハーバート・ビアボウム＝トリー、国立劇場構想をバーカーとともに示したウィリアム・アーチャー、そしてロイヤル・コートの劇作家、バーナード・ショー、J・M・バリ、ジョン・ゴルズワージーなど、三百人以上の招待客を招いてクライテリオン・レストランで行われた。主催者のリットン卿が乾杯の際に「本物の国立レパートリー劇場設立という、お二人の実験が完結したときに私たちはもう一度集い、お祝いしましょう」（マッカーシー　一六〇）と述べている通り、ロイヤル・コートのシーズンは作り手の側が国立劇場の青写真とし、受け手の側もまた、国立劇場の一つの形を受け取ったということになるだろう。

しかしながら、華々しい「夕べ」の後日談は、惨憺たるものだった。サヴォイ劇場での初シーズンの最初の演目として準備したバーカー戯曲『浪費』の主要な部分に政治家の不倫と愛人の堕胎が含まれることから、検閲により上演は中止、シーズンの計画も頓挫したのである。

バーカーの計画は首尾よく進まなかったため、ロイヤル・コートのシーズンが、結果として単発の実験に終始したのは、右のような経緯による。さて、ここで問題にしておきたいのは『計画と見積』の最大のカテゴリーであったシェイクスピアをロイヤル・コートのシーズンが回避していた点である。これについては、シェイクスピア・メモリアル・シアター設立運動と国立劇場運動のコンテキストで考えておく必要があるだろう。

3 シェイクスピアを避けたロイヤル・コート——国立劇場論争

国立劇場についての議論は、十九世紀末の劇界において、大きな関心をよんでいた。それは、ヨーロッパ各国の国家の輪郭が政治的にはっきりしてきた歴史と無関係ではない。そして英国文化もまた、移りゆく国家の動向に呼応し始めるのである。

十九世紀後半は、国語（英語）と国史（英国史）の再考がにわかに盛んになってくる。一八八四年から『オックスフォード英語辞典』が刊行されたことはもとより、パルグレイヴによる『黄金詞華集』（一八六一）は、ナショナル・アンソロジーの編纂が目的であった。加えて一九〇〇年に刊行され現在も繰り返し重版されている『オックスフォード英詩集』は五十万部以上を売り上げているという。こうしてみると、国民が共有する文化とは何かという問題について、二十世紀を迎える前にすでに十分議論されていたことがうかがえる。

国立劇場を求める声は、こうした中から自然と上がってきた。一八七五年にストラットフォード・アポン・エイヴォンでシェイクスピア・メモリアル劇場が開場し、同じ時期にロンドンではヘンリー・アーヴィングによるシェイクスピア戯曲連続上演が行われ、ロンドンにシェイクスピア専用の劇場をという議論はアクター・マネージャーらの間で熱を帯びてくる。当時、これに対して詩人で批評家のマシュー・アーノルドは国立劇場をシェイクスピア専用とは限定せず「人々への文化的教育のもっとも強力な手段」と位置づけている。したがって、十九世紀末には国立劇場をシェイクスピアの拠点とするか、あるいは国民に対する一種の文化的教育の拠点なのかという対立点が明確になったのである。この文脈で考えてみると、ロイヤル・コートのシーズンは後者の流れに含まれることになる。

二つの流れにふたたび焦点があたるのは、一九〇七年から一九〇八年のことである。一九〇七年にバーカーとアーチャーの『国立劇場の計画と見積』は出版社から再刊行され、さらに広く読まれるようになる。しかし翌年、一九一六年のシェイクスピア没後三百年にむけて、グローブ座の跡地に劇場を建設するという企画が持ち上がり、「シェイクスピア・メモリアル国立劇場委員会」(2)がリットン卿主導のもと結成され、貴族階級がこの会の後ろ盾となった。国立劇場構想はつねにシェイクスピアに占有されようとしていたことは、一目瞭然である。そうなると、ロイヤル・コートのシーズンが敢えてシェイクスピアを回避したのは、国立劇場がシェイクスピアの専用劇場ではなく、同時代の戯曲群が重要な鍵になることをまずは広く知らしめる意図があったと考えてよさそうである。

それでは二つの国立劇場構想における国家のとらえ方は、どのように違うのか。シェイクスピアという国民的劇作家への賞賛は、帝国時代の当時にあって自国の文化のシンボリックな存在を強調するナショナリズムの感情に類似していると言えないだろうか。とするなら、敢えて国内のみならずと国外へも目を向け、「良質で新鮮な戯曲」を望んだロイヤル・コートでのバーカーの意図はいったい何だろうか。

ロイヤル・コートのシーズンの核となった演目は、英国の同時代の戯曲の初演である。バーナード・ショーをはじめとして、ジョン・ゴルズワージー、エリザベス・ロビンズらによるものである。三人ともすでに英国で小説家として活躍していたが、劇作家として世に出た契機はいずれもここでのシーズンであったから、確かに「新鮮な戯曲」にふさわしい。

次に「良質な戯曲」とは何を指すのかを検討するために、いくつか例を挙げることにしたい。バーナード・ショーの『ジョン・ブルの離れ島』は、当時も紙面をにぎわせていたアイルランド自治問題を中心テーマとした戯曲である。ショー流のディスカッション・プレイは、アイルランドの英国支配か自治権かをめぐって、ウィットに満ちた激しい議論が展開され、自治権を容易に認めようとしない英国政府の問題が焙り出される。またゴルズワージーは、『銀の箱』上演によって、階級格差の著しい英国社会の矛盾を露呈させ、A・B・ウォークリーはこれを「正面から公平に人生を描く演劇の力を回復させる素晴らしい戯曲である」（『タイムズ』一九〇六年四月九日）と賞賛している。そしてロビンズは、戯曲『婦人参政権を！』によって、当時英国社会で急速に進展していた参政権運動を扱い、英国のラディカルなフェミニズム運動と演劇を接続させたのである。これらの戯曲が扱う外交、階級、女性の地位の問題は、いずれをとっても大英帝国の栄光の陰に潜む深刻な課題であり、当時は打開策の模索が急務とされていた。こういった深刻な課題について三作品には共通して長いディスカッションの場面をクライマックスとする戯曲の構造がある。とすると、ロイヤル・コートへ集った観客は、異なる立場の登場人物の間で交わされる異なる主張と論拠を聞きながら、客観的視点で同時代の英国のありようについて考える機会を得ることになったのではないか。

この意味において、「良質で新鮮な」英国戯曲とは、英国社会、つまり英国の国民意識を客観的にとらえようとする同時代の戯曲ということになる。それでは、外国の戯曲を「輸入する」ことは国立劇場の希求とどう関係するだろうか。

4　国家を相対化する異文化

海外から「新鮮な戯曲の輸入」の必要を訴えたバーカーの言葉の意味を理解するには、背後の状況について確認しておかなければならない。英国演劇界、そしてロイヤル・コートは、当時どのように異文化に向き合っていたのだろうか。

まずは英国全体の国際化のプロセスに簡単に触れておこう。二十世紀を迎えるころ、世界の四分の一が大英帝国の領土となり、英国の輪郭は拡大する一方であった。植民地の富を得て栄えた英国を目指して、一八八〇年から一九一四年の間に、アイルランド人やロシア人、ポーランド人、インド人、中国人などおよそ十五万人の外国人が英国に移住している。そのあまりの多さに一九〇五年、英国ではじめて「外国人法」が制定され、移民の規制がはじまった。法をもって規制しなければならないほど移民は多く、植民地以外のヨーロッパやアメリカの旅行者や移住者も多かった二十世紀初頭のロンドンは、間違いなくどの都市よりも多くの民族が行き交う場であった。大英帝国の首都という巨大な磁場は、異文化のるつぼであったことになる。

そういう状況に応じて、演劇界においても異文化受容はこれまでにないほど多種多様になっていたのである。S・E・ウィルマーは「(演劇は)何が国民的であり、何が異質であるかという概念をもたらす有効な方法である」(一)と述べるが、二十世紀初頭の英国演劇の異文化接触において、それはどのように考えられるだろうか。まずはいくつかのタイプを順に取り上げよう。

異文化に接触する違和感を、もっとも鋭敏に表していたのは大衆演劇だった。例えばアジア文化のエッセンスを取り入れたサヴォイ・オペラ『ミカド』（一八八五）の流行や、黒人に扮して顔を黒くペイントした白人俳優によるミンストレル・ショーの人気などは、英国の観客がみずからはもたない（と望む）後進的で奇異でミステリアスなものへの観客の欲望によって成立していたと言えるだろう。このような優劣の感覚をエドワード・サイードは次のように説明している。「我々は、異文化をいかにして表象することができるのか。異文化とは何なのか。ひとつのはっきりした文化（人種、宗教、文明）という概念は有益なものであるのかどうか。あるいはそれはつねに（自己の文化を論じるさいには）自己讃美か、（「異」文化を論じるさいには）敵意と攻撃とに巻き込まれるものではないだろうか」（二八二）。帝国時代の英国において、このような「自己賛美」が演劇の現場において広く承認されていたことは想像に難くない。

しかし「自己賛美」の異文化受容とはまったく逆の、憧憬の思いにまつわる異文化受容も見て取れる。トマス・ポストルウェイトは次のように述べている。「海外から来たスターは、どんな公演であれ、英国国内のアクター・マネージャーの公演よりも絶対的な人気があった」（五三）。なかでも国際的に活躍する女優のカリスマ性は、それ以前には見られないような爆発的なスターダムだったと言ってよいだろう。エレオノラ・ドゥーゼやサラ・ベルナールなどは、国内公演とほぼ同じペースで英国を含む国外公演も行っており、英国の観客にも大変人気があったのである。このような自己賛美と憧憬という二種類の異文化受容は一見対極にあるが、いずれも権力という磁力と緊密に関連している点で共通することは、言うまでもないだろう。

その一方で、権力の問題が遠景に、曖昧にしか見えてこない接触もある。例えば一八八〇年、演技のアンサンブルとリアリズムを示したマイニンゲン一座のロンドン公演や、総合芸術の概念をもたらしたワーグナーのオペラ連続上演、シンボリズムに傾倒したフランスの演出家リュニエ＝ポー率いる制作座のロンドン公演、イサドラ・ダンカンによる「インディアン・ダンス」、マックス・ラインハルト演出による様式的な『奇蹟』の公演などが挙げられる。こいうった最先端のヨーロッパの舞台芸術との接触は、むしろ英国演劇のあり方、そして演劇へ向き合う英国社会への問いを前景化させるのである。以上のように権力の問題が前景、遠景、いずれにあるにしても、演劇が「何が国民的であり、何が異質であるかという概念をもたらす有効な方法である」ことは、二十世紀初頭の英国演劇の場合にもやはり同様であることがわかる。

このように幾層にも重なる英国演劇の異文化受容において、ロイヤル・コートの海外戯曲受容を、どのように位置づけることが可能なのか。ロイヤル・コートの海外戯曲には多様な異文化が描かれている。例えばイプセンの『野鴨』はノルウェーの中産階級を扱い、イエイツの『スープ鍋』はアイルランドの庶民を描き、また古典については、ギリシャ劇という、英国由来でない外国の古典をレパートリーに入れ、ルネサンスのイタリア生まれのコンメディア・デッラルテをアレンジした上演もある。観客も上演から異文化を感じ取っていたことは、批評家デスモンド・マッカーシーによるハウプトマンの『泥棒喜劇』の描写にもあらわれている。「ドイツ南部の人々が、いかに白ワインや黒ビール好きの酔っぱらいで、どんなふうに日差したっぷりの庭で歌を作ったり哲学を語ったりしているのかがよくわかる」（四四）。しかしこうした劇評などの資料からは、文化的後進性に対する揶揄や憧憬を示す要素は見当たらず、権力の問題が色濃く表れてはこない。

またロイヤル・コートでは、異文化を用いつつも明らかに英国を描くケースもある。例えば、コンメディア・デッラルテ風のバーカーのパントマイム戯曲『プルネラ—あるいはオランダ庭園の愛』は、外界から隔てられた庭園の世界から外へ出ていくという「新しい女」のモチーフを寓意的に扱っており、同時代の英国についての作品とも言える。また、エウリピデス上演は、それらは国も時代も隔てた心理的に遠い物語のはずだが、上演回数が多く人気の演目であった。マッカーシーが「きわめて自然に英国演劇に移し替えた」（一八）と述べる通り、紀元前のギリシャの物語に同時代の英国に通じる要素がむしろ見出されているのである。つまり、ロイヤル・コートの異文化受容は、権力の問題は遠景に措いて、英国社会を問い直す装置として捉えられるのではないだろうか。

とすると、ロイヤル・コートでは、同時代の外国戯曲と英国戯曲を中心にレパートリーを組み、いずれも英国そのものを客観視する装置として機能させ、揺れる国家の輪郭をそこへ集う人々が想像した、と言い換えられるだろう。劇場に集う人々の想像力を問題にするとき、ジョン・M・マッケンジーの言葉は示唆的である。「演劇の特色は、究極的には共有する共同体意識に根差している。［…］観客の諸階層が究極的に反応を示すのは、道徳的ないし宗教的メッセージ、周囲からはっきりと区別されるような共有概念、自らをもっと明白に認識できるような『他者』が持ち込まれる幻想世界、新たに探求された世界が広がっていくような地平に対してである」（二八五）。マッケンジーは、劇場に集う人々を一つの「共同体」と捉え、そこでは「他者」の視座が持ち込まれることによって「周囲と区別されるような共有概念」が育まれることを指摘している。この点をふまえて考えると、ロイヤル・

コートの観客は、共同体を相対化する戯曲の「他者」の視点によって「新たに探求された世界が広がっていくような地平」を見ていたとは言えないだろうか。劇場の親密な空間で、英国のさまざまな問題を直視し議論を交わし、作り手と受け手は、国家という「共同体意識」を生成していたのである。一九〇四年から一九〇七年のロイヤル・コート劇場は、おそらくそういう場であった。

5　国立劇場と道を分けたロイヤル・コート劇場

ロイヤル・コート劇場は、結局、国立劇場にはならなかった。本章の冒頭で引いたシェパードの著書には、国立劇場の道筋が次のように示されている。ロイヤル・コートのシーズンの後を受ける一九一〇年前後のグラスゴーのレパートリー・シアター・ムーブメントを、スコットランド民族の試みと位置づけ、一九一〇年代以降のオールド・ヴィック劇場の試みを労働者階級や女性を劇界の中心へ招き入れた端緒とし、いくつかの段階を経て、一九六三年の国立劇場開場に至るというプロセスである。つまり国立劇場への道が、異なる背景をもつ人々がゆるやかな共通性を形づくる過程として示されているのである。現在の国立劇場は、民族、ジェンダー、文化の多様性を念頭に、シェイクスピアを含む内外の古典、同時代の英国戯曲および外国戯曲がレパートリー制により毎年ラインナップされている。だとすれば、一世紀以上前に「国立劇場はロンドンの社会的、知的生活の一角を占めることになる。［…］国立劇場が人々の人気を集め、この共同体に一石を投じることは疑いようもなく明白である」と確信していたバーカーの『国立劇場の計画と見積』が、シェパードの指摘の通り、結果として

グランヴィル・バーカー
所蔵 V&A Theatre Museum Collections

おおむね実現していることになるだろう。

国立劇場とは道を分けたロイヤル・コート劇場は、一九五六年に新鮮な戯曲を扱う拠点として再開場した。その半世紀前、バーカーはロイヤル・コートのシーズンを国立劇場の青写真としながらも、『国立劇の計画と見積』にあるシェイクスピアのカテゴリーを避けて、実際のシーズンでは同時代の内外の「良質で新鮮な戯曲」のみに焦点をあてる決断を下した。それは、同時代の英国社会を徹底して相対化する「他者」の視座を確保するためだったと考えられる。

「国民のアイデンティティは、どこかから押し付けられるものではなく、我々一人ひとりが寄与するプロセスそのものである」（二一五）とパトリック・ロナーガンが『演劇とグローバリゼーション』のなかで述べるように、二十一世紀の現在においては、いかなる国民のアイデンティティも「どこからか押し付けられる」べきでないことは自明であろう。しかし二十世紀初頭、帝国時代のロンドンにおいて、ロイヤル・コートで国家という共同体が想像されたことは、当時としてはきわめて稀なケースと言わざるを得ない。「他者」との対話と自己規定を繰り返し、国家という「共同体意識」を劇場で共有しようと彼らは試みたのである。「英国の文化的生活の中心」としてロイヤル・コート劇場が現存するのは、二十世紀初頭に、国立劇場への想像力が育まれたことと無関係ではないだろう。

＊　＊　＊

付記

本章は、平成二十五年度科学研究費補助金・基盤研究（C）「英国国立劇場構想の形成過程における〈ナショナリズム／インターナショナリズム〉」による研究成果の一部である。

（1）ロイヤル・コート劇場ホームページ http://www.royalcourttheatre.com/about-us/writers-development-fund/ (Jan 31, 2014)

（2）Shakespeare Memorial National Theatre General Committee (SMNTC)

参考文献

Barker, Harley Granville. and William Archer. *Scheme & Estimates for a National Theatre*. 1904.

Booth, Michael Richard. *The Edwardian Theatre: Essays on Performance and the Stage*. Cambridge UP, 1996.

Postlewait, Thomas. 'The London Stage, 1895-1918', ed. Baz Kershaw, *The Cambridge History of British Theatre vol. 3*. Cambridge UP, 2004.

Kennedy, Dennis. 'The New Drama and the New Audience', ed. Michael R. Booth and Joel H. Kaplin, *The Edwardian Theatre*, Cambridge UP, 1996.

Kennedy, Dennis. *Granville Barker and the Dream of Theatre*, Cambridge UP, 1985.

Little,Ruth. and Emily McLaughlin, *The Royal Court Theatre Inside Out*. Oberon Books, 2007.

Lonergan, Patrick. *Theatre and Globalization*. Palgrave Macmillan, 2009.

McCarthy, Desmond. *The Court Theatre 1904-1907*. U of Miami Press, 1908 (originally published in 1907).

Shepherd,Simon. *The Cambridge Introduction to Modern British Theatre*. Cambridge UP, 2008.

Wilmer, S.E. *Theatre, Society and the Nation*. Cambridge UP, 2002.

Oxford English Dictionary. Oxford UP, 1884-1933.

Golden Teasury of English Verse. Illustrated Editions Co., 1935. (originally published in1884.)

Oxford Book of English Verse. Oxford UP, 1963. (originally published in 1900)

エドワード・サイード著、今沢紀子訳『オリエンタリズム　下』平凡社、一九九三年.

ハーリー・グランヴィル・バーカー著、臼井善隆訳『ハムレット—シェイクスピア劇への序文』シェイクスピアへの序文』早稲田大学出版局、一九九一年.

ジョン・M・マッケンジー著、平田雅博訳『大英帝国のオリエンタリズム』ミネルヴァ書房、二〇〇一年.

コラム4

アマチュアリズムというオルタナティブ

英国演劇史に対して多大な影響力を持っていた検閲から、唯一つねに自由だったのが非営利のアマチュア演劇である。通常の劇場を拠点とせず、家庭の子ども部屋や客間、あるいは教会やパブもしくは紳士クラブなど、アマチュアリズムはあらゆる場所に現れたのである。

英国演劇のアマチュアリズムは、おおまかに2種類ある。一つは、市民の自己教育やコミュニティの意識を育てることを目的とした活動である。例えば教会での降誕劇、親しい者が集うドラマの読書会、子ども部屋での人形劇「パンチ&ジュディ」などもこれにあたる。20世紀初頭に盛んになった婦人参政権運動関連の上演や1930年代の労働者演劇もまた、コミュニティ中心という意味ではこの部類に入るだろう。検閲から自由だった市民のアマチュアの演劇は驚くほどスリリングで多様性に富んでいる。この接点は、ブリティッシュ・ドラマ・リーグの設立を契機に20世紀にはさらに多様にまた強固なものになっていく。

そしてもう一つのアマチュア演劇は、アヴァンギャルドの表明としての上演である。批評家や作家を含む知識人とプロの演劇人が協働して主導したのが特色である。劇場街が休業する日曜にロイヤルティ劇場を借りて会員制によって上演を始めたJ・T・グラインの「独立劇場協会」、ウィリアム・アーチャー主宰の「新世紀劇場協会」、バーナード・ショーによる「舞台協会」、ウィリアム・ポールの「エリザベス朝舞台協会」などが続く。イプセン、メーテルリンク、ハウプトマンなど外国戯曲の英国初演、そしてイリュージョニズムを打破する演出上の革新も、会員制の上演でなら可能だったのである。そしてウエストエンドから離れたハマースミスのリリック劇場開場（1918年）、ゲイト劇場（1925年）の始動は、一連のアヴァンギャルドとしてのアマチュア演劇の終点と言える。そこからアヴァンギャルドとしてのアマチュア演劇は、フリンジへと転じていったからだ。市民生活との接点、アヴァンギャルド、いずれにしても演劇のアマチュアリズムは、オルタナティブとして英国演劇の多層性を支えてきたのである。

（藤岡）

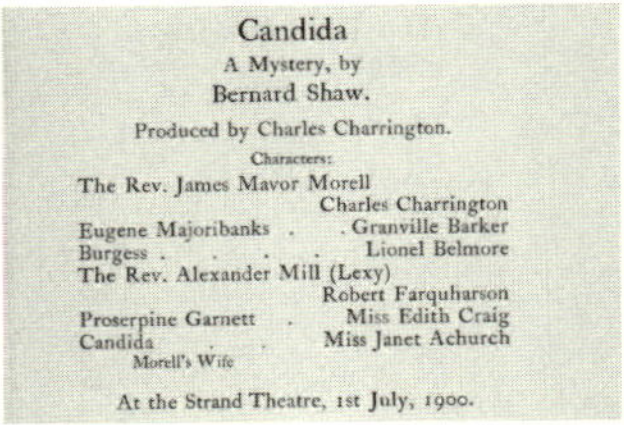
Candida
A Mystery, by
Bernard Shaw.
Produced by Charles Charrington.
Characters:
The Rev. James Mavor Morell . . . Charles Charrington
Eugene Majoribanks . . . Granville Barker
Burgess . . . . Lionel Belmore
The Rev. Alexander Mill (Lexy) . . . Robert Farquharson
Proserpine Garnett . . . Miss Edith Craig
Candida (Morell's Wife) . . . Miss Janet Achurch
At the Strand Theatre, 1st July, 1900.

「舞台協会」バーナード・ショー作『キャンディーダ』プログラム（*The Incooperated Stage Society: Ten Years 1899-1910*, The Chiswick Press, 1910, p.19.）

5章

ロンドン・コリシーアム

―ミュージック・ホールから劇場へ―

赤井　朋子

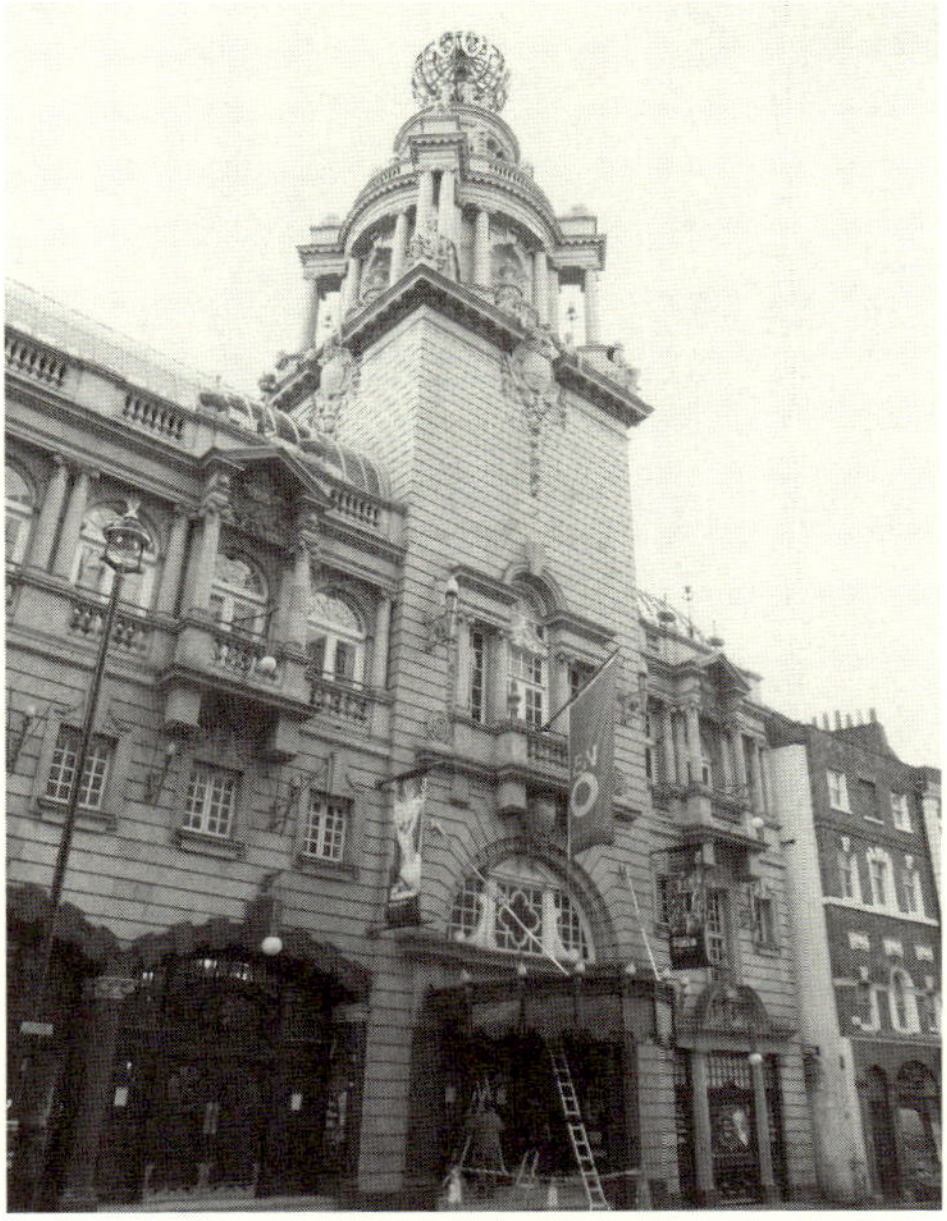

ロンドン・コリシーアム（2013年９月撮影）

1　ロンドン・コリシーアム

「オペラへは普段着で」―これはイングリッシュ・ナショナル・オペラ（ENO）が二〇一二〜一三年のシーズンに導入した新企画の名称である。一シーズンに数日のみ、一等席でもドレス・コードを気にせず、わずか二五ポンドで観劇できる日を設けるというもので、若い世代の観客にとってオペラをより親しみやすいものにすることを目的としていた。一公演一〇〇人限定のそのチケットを購入した観客は、事前に作品の梗概をダウンロードし、上演前には出演者やスタッフによるプレパフォーマンス・トークを聞いて、幕間にはまるで「クラブ」のような雰囲気のバーでビールを楽しむことができるという、至れり尽くせりのプログラムだ。

この新企画を発表する記者会見の日には、英国のサブカルチャーを担ってきた二人のアーティストがENOの本拠地ロンドン・コリシーアムの舞台に現れて話題になった。一人は『モンティ・パイソン』や映画『未来世紀ブラジル』などで知られるテリー・ギリアム、もう一人は、英国を代表するロック・バンド「ブラー」の主要メンバー、デイモン・アルバーンである。ロンドン・コリシーアムでは、二〇一一年にギリアムの演出した独創的なオペラ『ファウストの劫罰』が、二〇一二年夏にはアルバーンが音楽を担当した『ドクター・ディー』というフォーク・オペラが、それぞれ上演されていた。「オペラへは普段着で」が考案されたのは、その『ドクター・ディー』が上演された際に、ENOのオペラ鑑賞は初めてという比較的若い世代の観客を数多くロンドン・コリシーアムに動員したことがきっかけとなっていた。

ロンドン・コリシーアムは、ロンドンのトラファルガー・スクエアの北側、セント・マーティンズ・レーンという小さな通りに面して建てられた、イタリア・ルネサンス様式の壮大なファサードと、塔の頂上に設けられた地球儀のような球体がとりわけ目立つ、ウエストエンド劇場街の中でも特に規模の大きな劇場である。公共交通機関の駅で言えば、地下鉄ピカディリー・ラインやノーザン・ラインが交差するレスター・スクエア駅と、サウスイースタン鉄道のターミナル駅であるチャリング・クロス駅が最寄りの駅となる。娯楽を求めて大勢の人々が集まるレスター・スクエアから目と鼻の先に位置しながら、なおかつ、ロンドンとロンドン南郊の住宅地を結ぶ鉄道のターミナル駅からも徒歩圏内にあるのである。この繁華街と郊外の住宅地をつなぐ地の利の良さは、二十世紀初頭のロンドン・コリシーアム建設時にも、「新しい観客の開拓」という点において重要な役割を担っていた。郊外の新興住宅地から鉄道に乗ってロンドンに出かけ、買物や観劇などを楽しめるようになった新しいミドルクラスの人々が、この劇場の潜在的な新しい観客として大きな可能性を秘めていたのである。

しかしながら、現在オペラ劇場として使用されているこのロンドン・コリシーアムも、最初は特にオペラのように高級な芸術をめざして建設されたわけではなかった。建築家のフランク・マッチャム（一八五四 - 一九二〇）に設計を依頼して一九〇四年にロンドン・コリシーアムを新築した実業家のオズワルド・ストール（一八六六 - 一九四二）は、この建物を女性や子どもなど家族でも楽しめるヴァラエティ劇場、つまり、腹話術や曲芸といった寄席の芸能やその他の多彩なエンターテイメントを提供できるミュージック・ホールとして建設したのであった。

ミュージック・ホールとは、劇場法などによって正規の劇場と区別されていた寄席の演芸場のことを意味するが、その中でも特に、時代の変化に応じて進化発展した新しいタイプのミュージック・ホールのことを当時はヴァラエティ劇場と呼んでいた。ヴィクトリア朝時代に繁栄していた労働者階級向けの古いタイプのミュージック・ホールに、新しいジャンルの出し物が付け加えられていくことにより、上演プログラムの内容がヴァラエティに富むものになっていったため、そう呼ぶようになったのである。コミック・ソングや曲芸といった通常の寄席の芸能の上に、オペラ、バレエ、クラシック音楽、オペレッタ、レヴュー、一幕劇、寸劇、映画など、驚くほど多くのメディアやジャンルが(それぞれ長編作品であれば一部だけを抜粋する形で)寄せ集められ、大衆的な芸能と高級な芸術が混在する異種混淆的な上演プログラムを構成するようになっていったのである。

しかし、一九〇四年に開場したロンドン・コリシーアムも、ヴァラエティ劇場として利用された期間はそれほど長くはなく、その後わずか三十年足らずで閉鎖を余儀なくされている。ヴァラエティそのものが、レヴューやトーキー映画、ラジオといった新しいジャンルやメディアの勢いに押されてしだいに時代遅れになっていったからであるが、ヴァラエティ劇場の中にはアルハンブラやエンパイアのように一九二〇~三〇年代に映画館に建て替えられ、今もレスター・スクエアに映画館として残っているものもある。ロンドン・コリシーアムの場合は、経営者のストールが一九三一年にいったんミュージック・ホールを閉鎖した後、すぐさま劇場として再開し、派手な舞台装置と大勢のキャストが目を引くスケールの大きな音楽劇を上演するようになるが、一九四二年にストールが死去してプリンス・リトラーという興行主が劇場を買収すると、『アニーよ銃をとれ』や『キス・ミー・ケイト』などのブロードウェイ・ミュージカルのヒット作をロングラン上演する劇場となる。しかし、ミュージカルの興業成績が低迷すると一九六一年から数年間、一時的にアメリカのＭＧＭにより映画館として使用され、他のヴァラエティ劇場と同じ運命を辿るかに思われたが、一九六八年にサドラーズ・ウェルズ・オペラの本拠地として使用されることになり、その後、カンパニーの名称がイングリッシュ・ナショナル・オペラに改められて、現在に至っている。

　ヴァラエティ劇場はこのように後には衰退し忘れ去られる存在になっていったため、長らく研究の対象になることが少なかった。また、一部の実業家たちによって独占的に経営されたものであったため、当時から批判の対象にされることも多かった。しかし、近年になってヴァラエティ劇場の価値が見直されるようになり、例えば、エドワード朝時代を演劇の衰退期ではなくむしろ「ポピュラー・エンターテイメント史における形成期」（ラッセル　六一）ととらえ、ヴァラエティ劇場を二十世紀大衆文化の豊かな出発点として再考するものや、一九二〇年代にヴァラエティ劇場は消滅したとする定説に異を唱え、ヴァラエティ劇場を現代のスタンダップ・コメディやポップ・ミュージックを含む多くの文化の発祥の場として再評価するもの（ダブル『英国』　二〇八‐一六）が出てきている。

　いずれも、後の時代の演劇文化を形成したものとして肯定的にヴァラエティ劇場をとらえた研究例であるが、このような傾向は、近年になってミュージカルなどの音楽劇が研究対象として注目されるようになってきたこととも関連しているであろう。特に英国の場合、歴史的に、ストレートプレイ以外の演劇を非正規劇と呼んで主流から外し軽視してきた経緯があるため、その非正規劇の実態や現在とのつながりについて、未だ研究の余地が多く残されている。

本章では、ヴァラエティ劇場の中でも特にその拠点として重要な存在であったロンドン・コリシーアムにおいて、前述したように驚くほど多種多様の出し物が寄せ集められていた点に着目し、その演目の多様性が、観客層の変化など、当時のロンドンにおけるさまざまな文化的社会的変化とどのように関連しあっていたのかについて取り上げたい。すでに述べたように、ヴァラエティ劇場は舞台上で行えるものであればほとんど何でも思いつく限りのものを上演していたと言っても過言ではないほどさまざまなものを扱っていた。しかも、寄席芸人の歌の次にバレエの出し物が続いたり、動物の曲芸の後にシェイクスピアの名場面が演じられたりといった実に奇妙なプログラム構成になっていたのである。どのような経緯があって、このように両極端の文化を同時に併せ持つ異種混淆的で文字通りヴァラエティに富んだ上演が可能になったのであろうか。また、異質なジャンルのものが互いに競い合うようにプログラムに並べられることにより、何か生産的な結果に結びつくこともあったのだろうか。

次節以降では、まず、ヴァラエティ劇場を生み出すことになった当時の社会的背景や演劇状況と、興行主ストールがとった経営方針の関係について概観し、その上で、本来ミュージック・ホールのような演芸とは相容れなかったはずのストレートプレイがヴァラエティ劇場に参入したことに当時どのような意味や効果があったのか、具体的には劇場俳優アイリーン・ヴァンブラ（一八七二 - 一九四九）の主演したJ・M・バリ（一八六〇 - 一九三七）作の一幕劇『十二ポンドの目つき』（一九一〇）の上演を取り上げ検証する。

2　オズワルド・ストールと新しい観客層

ヴァラエティ劇場とは、すでに述べたように、時代の変化に応じて進化発展したミュージック・ホールのことを意味していた。簡単に言えば、近代化したミュージック・ホールということになるが、この英国のヴァラエティ劇場については興行主のオズワルド・ストールを抜きにして語ることはできない。例えば、ある演劇事典の「ヴァラエティ」の欄には、「ヴァラエティは本質的に、サー・オズワルド・ストールがウエストエンドにある彼のコリシーアム劇場においてミュージック・ホールをアップグレードしようとして払った数々の努力から発生したものである」と書かれている（チェンバーズ　八〇一）。また、「女性や子どもだけでも全く自由に安心して出かけられる場を提供するというストールのアイデアは広く模倣されることになり、結果としてポピュラー・エンターテイメントの水準を満足できる高さにまで引き上げた。実際、『ストールの時代《ストーレスク・ピリオド》』という言葉は明確にある特定の時代を指し示していたのである」というクロクストンの指摘（一五七）にも、ストールの重要性が示されている。

ストールは一八六六年にオーストラリアのメルボルンで生まれるが、測量技師であった父親の死後、アイルランド系の母親とともに英国に渡った人である。母親の再婚相手がリヴァプールで小さなミュージック・ホールを経営していたため、その継父の死後、ストールはミュージック・ホールの経営を受け継ぐが、しだいに経営者としての才能を発揮しビジネスを拡張していく。一八九〇年代には英国国内の各地に八つのミュージック・ホールを所有するようになり、その間には、ミュージック・ホールにはじめて「エンパイア」の名前を付けたり、一晩に二回上演という新しいシステムを導入したりするなど、画期的な試みをいくつも行って成功させる。さらには一八九九年に、彼と同じような興行主であったエドワード・モス（一八五二‐一九一二）と経営を統合して、モス・エンパイアズ・リミティッドという巨大な興行会社を立ち上げている。

モス・エンパイアズ・リミティッドは、エンパイア、ヒッポドローム、パレス、オリンピアといった名前を持ついくつものミュージック・ホールのチェーンを所有する興行会社であった。地方都市の場合は、スコットランドのグラスゴーからイングランドのレスターやウェールズのカーディフにいたるまで、ロンドン郊外については、ロンドン北部のハックニーから南部のニュークロスにいたるまで、広範囲にわたって各地に点在するミュージック・ホールを所有していた。ストールは、ロンドン・コリシーアムを建設した一九〇四年までに、すでにその巨大なモス・エンパイア系列におけるモスの共同経営者として著名な起業家になっていた。

十九世紀末ごろまでに大規模なエンターテイメント産業が出現したことは、劇場の所有のあり方や経営形態が大きく変化したことを意味するが、このことは演劇史的に見ても重要なことであった。例えば、サイモン・シェパードは、グランヴィル・バーカーがこの当時の演劇界におけるニュー・フェイスであったのと同じように、ストールやモスのような興行主も、当時の演劇界のニュー・フェイスであったという言い方をしている。

アクター・マネージャーの終焉と劇場組織の大きな変化は、所有権の拡大によってもたらされた。国立劇場計画が密かに回覧されたその翌年に、ホレス・エドワード・モスがナイト爵位を与えられ、アーヴィングが死去した。モスは、バーカー同様、演劇界のニュー・フェイスだったのである（十八－十九）。

つまり、ヘンリー・アーヴィングが死去した一九〇五年に、今度はストールの共同経営者であったモスがその功績をたたえられてサーの称号を受けたのである。モス・エンパイアズのような劇場シンジケートの時代に入っていたことが、他の演劇史上の出来事と同様、重要な意味を持ち始めていたのであった。

演劇や芸能の世界において特に劇場の所有権の拡大といった大きな変化が起こったことは、当然のことながら、当時の英国社会におけるさまざまな文化的・経済的な変化と密接に関連しあっていた。産業構造の変化によるホワイトカラーの増加、ロンドン郊外の住宅地の拡大、余暇時間の誕生、大量消費社会への移行、女性の社会進出などの事柄と大きく関連していたのである。演劇人というより起業家であったと言われるストールのような人物であれば、そのような社会の動きに対して敏感でなかったはずがない。地方都市の労働者階級を対象とした小さなミュージック・ホールから出発しながらも、彼は社会のさまざまなニーズに応える形で創意工夫を重ねながら飛躍的に事業を拡大していったのである。

すでにビジネスを成功させ著名な起業家となっていたストールが首都ロンドンでの興行においてタ

ーゲットにした観客層の一つに、郊外から鉄道でロンドンに出てきてショッピングや観劇を楽しむようになった新しいミドルクラスの人々があった。ストールの伝記を書いたフェリックス・バーカーによると、ストールはロンドン・コリシーアム建設の構想を練っていた頃、毎朝十時から十二時まで、ロンドンのターミナル駅であるチャリング・クロス駅の前に立って、そこから出てくる乗客の数を勘定していたという。彼は、ロンドン南方の郊外、例えばタンブリッジ・ウェルズやベックスヒルといった住宅地から鉄道でロンドンに出てきて、ショッピングをしたりランチを楽しんだりするような人たち、しかも、正規の劇場に対して多少敷居の高さを感じ、逆に大衆向けの猥雑なミュージック・ホールに対しては恐れを抱いていたような人たちのために、新しいタイプのエンターテイメントを考えていたのである（十一）。

観劇の余裕が持てるようになったミドルクラスとは、それでは、具体的にどのような人々であったのだろうか。それを探る一つの手立てとして、一九〇〇年代にロンドンを訪れたイタリア人マリオ・ボーサの書いた英国演劇に関する印象記が興味深い。その中でボーサは、劇場のストール席（一階前方の一等席）やボックス席に座る洗練されたエレガントな観客とは別に、種々雑多な人々からなる新しい観客の集団があることに気づいて、次のように記述している。

それは実にさまざまな人々からなる観客であった。大抵は小さなグループかデート中のカップルという形であった。店員、事務員、メガネをかけたオールドミスといった人たちもいたが、数の上でもっと多かったのは、売り子、帽子売り、縫い子、タイピスト、速記者、大小さまざまな事務所の出納係、電報や電話の交換嬢。そして、社会階層のどこに位置づけられるのか推測も定義も難しいその他何千人という若い女性たち（四五）。

ボーサによれば、このような人たちは正規の劇場の中でもピット席（一階後方の無指定席）やギャラリー席（最上階の桟敷席）のように入場料の安い観客席で観劇を楽しんでいたという。二十世紀初頭のエドワード朝時代においては、同じミドルクラスと言っても、上流階級に憧れてファッショナブルな演劇に関心をよせる観客もいれば、社会の革新に興味を持ち知的な演劇を見に行く観客もいたが、そのような人々とは異なる、新しい観客の姿が目を引くようになったのである。そして、その新しい観客層は、流動的で一言では説明できないような種々雑多な人々から構成されていたが、ボーサの文章からもわかるように、とりわけ、女性、中でも仕事に就く若い女性たちが観客の多くを占めていた。

すでに述べたように、ストールはロンドン・コリシーアムを女性や子どもだけでも安心して訪れることのできる健全な場所にすることを経営の方針としていた。ストールが念頭に置いた観客層の中には当然のことながら右の引用文に列挙されたような女性たちも含まれていたであろう。世紀転換期のころは、女性が自由にロンドンで街歩きができるようになった時期でもあると言われる（ラッパポート　三）。ロンドンの中心街であるウエストエンドは観劇だけではなくショッピングや観光、食事も含めた総合的な消費の場になりつつあったのであるが、ストールはそのような状況の中、ヴァラエティ劇場に都市文化の潜在的な消費者を少しでも多く招き入れるために、ミュージック・ホールをより健全に、そしてより劇場に近い存在にしていったのである。

3　劇場とヴァラエティ劇場

ヴァラエティ劇場は、居酒屋を兼ねていた古いタイプのミュージック・ホールとは異なり、舞台にプロセニアム・アーチがあり、座席が固定されるなど、どちらかと言えば通常の劇場に似た造りになっていた。ロンドン州議会によりミュージック・ホールにおける飲酒が禁止されたことも大きく影響し、ロンドン・コリシーアムの観客席も、ストール（一階席）、ドレス・サークル（二階正面桟敷席）、グランド・ティア（三階正面桟敷席）、バルコニー（最上階桟敷席）から成り立つ劇場のような構造になっていた。

一九〇四年にオープンしたロンドン・コリシーアムは、当時、ロンドンで最も大きな劇場であったドゥルリー・レーンをも越える大きさを誇っていたが、それ以外にも人々の注目を引くような斬新な特徴をいくつも備えていた。英国で最初に廻り舞台を取り付けた劇場であること、エレベーターの設備があったこと、入口付近のホワイエに郵便ポストや公衆電話などが置かれていたこと、各階にティー・ルームや菓子の売店があったこと、ロイヤル・ボックス席や王室専用の入口が設けられていたこと等がその例であった。

上演内容の点から見ても、ヴァラエティ劇場は次第に粗野で低俗であると判断された要素を取り除きながら劇場に近づいていった。例えば、ストールは「コリシーアムにおいては下品で俗悪なものは許されない」というポリシーを演劇雑誌の広告などにおいて公言していた。また彼は、寄席芸人の出

ロンドン・コリシーアムの観客席
出典　*View Pictures / Getty Images*

し物の台本に必ず目を通し、楽屋に「ここでは乱暴な言葉を使用しないこと」という注意書きを貼るなどして、ミュージック・ホールのグレードアップに努めていた（バーカー　七〇）。

このようにリスペクタビリティを持たせることを方針としていたロンドン・コリシーアムは、従来のミュージック・ホールよりむしろ劇場の方に似た要素を多く持っていたと言えるが、しかし、そうではあってもロンドン・コリシーアムは依然としてミュージック・ホールつまり演芸場であることには変わりがなかった。

当時の英国においては、劇場とは一八四三年の劇場法に従って宮内長官により劇場として興行を許可された場所のことを意味していた。そして劇場では「悲劇、喜劇、笑劇、オペラ、喜歌劇、インタールード、メロドラマ、パントマイム」といったジャンルの作品が上演できることになっていたが、それらを上演するためには台本の事前検閲を受けて宮内長官から上演許可を受ける必要があった。したがって、劇場以外の場所でこれらのジャンルの作品を上演すれば、それは無許可で上演したことになるが、実際には十九世紀後半からパントマイムやオペラを出し物の一部に含ませるミュージック・ホールも現れるようになってきた。そのことは劇場経営者側にとって自らの存在を脅かされる深刻なことでもあったので、劇場経営者とミュージック・ホールの経営者の間で、たえず両者の間の区別をめぐって協議が行われた。特に寸劇のような対話形式のものがミュージック・ホールで上演されることに対する劇場側の抵抗は強く、ミュージック・ホールで上演される対話劇の長さに関して両者が対立することも多かった。

しかし、そのような混乱が続いた後、ついに一九一二年にはミュージック・ホールにおける対話劇も劇場と同様、宮内長官による事前検閲を受けることになった。ミュージック・ホールも対話劇の上演ライセンスを得ることが可能になったのである。ただし、あくまでも劇場との違いは明確にすべきであると考えられ、プログラムには互いに全く異なる出し物を最低六つは盛り込むこと、また、出し物と出し物の間で必ず幕を下ろすことという条件がついていた。

ロンドン・コリシーアムにおける上演プログラムも、それゆえ、依然として互いに異なるいくつもの出し物から構成されるものであり続けた。例えば、次に示すのは一九一二年三月十一日（月）に始まる週のプログラムである。

一、序曲　行進曲「聖マルコのライオン」　G・ファビアーニ
二、五人のクリフトンたち　曲芸綱渡り
三、トム・スチュワート　演劇やバーレスクの物真似
四、ソラ　新型腹話術
五、ビリー・マーソーン　ロンドンの新しい風変わりなコメディアン

六、ドミトリ・アンドレエフ　有名なロシア人ソロ・ハーピスト
七、アイリーン・ヴァンブラ嬢とアーサー・プレイフェア主演の『十二ポンドの目つき』　J・M・バリ作
八、幕間　序曲「タンホイザー」　ワーグナー
九、ルドルフォ・ジリオ　ナポリの歌手
十、エルガーの偉大なる新曲『インドの王冠』　サー・エドワード・エルガーによって特別に作曲された、二つのタブローからなる宮廷仮面劇
十一、大陸の有名なマイム・カンパニーによる『ピエロの最後の冒険』　ヴィクター・アーノルドによる全一幕の黙劇　フリードリヒ・ベルマンの音楽
十二、映画　今話題の面白い出来事

「神よ国王を護りたまえ[1]」

このプログラムは全部で十二の演目から成り立っている。オーケストラによる序曲の演奏で始まり、二番目から五番目の演目は腹話術師やコメディアンといった寄席芸人による出し物、六番目にロシア人のハーピストによる演奏が行われた後で、七番目にアイリーン・ヴァンブラ主演の一幕劇『十二ポンドの目つき』が演じられていったん休憩に入る（休憩の間、八番目の演目としてワーグナーの「タンホイザー」が演奏される）。後半部は、九番目にナポリの歌手による流行歌（カンツォーネ）があり、

十番目にエルガー作曲の宮廷仮面劇『インドの王冠』、十一番目にウィーンの劇団による音楽付きマイム劇、十二番目にニュース映画を上映して、最後は国歌斉唱で終わっている。

全体の構成は、曲芸、音楽、演劇、映画と、いくつかの異なるメディアから成り立っているが、その内容を見ると、流行歌が歌われるかと思えばクラシック音楽が演奏されたり、腹話術や曲芸の出し物が続いたかと思うとストレートプレイが上演されたり、大衆的な演芸と高級な芸術が混在する形で構成されていることがわかる。

4 ストレートプレイとヴァラエティ劇場

すでに述べたように、ヴァラエティ劇場の上演プログラムの中にストレートプレイが含まれるのは、本来、劇場法に反することだった。しかし、実際には、十九世紀後半から喜劇的な寸劇がミュージック・ホールで上演されるようになったり、三十分以内の対話劇であれば上演できるようになったり、実際の状況はルールと矛盾する形で変化していった。そして、ついに一九一二年にはストールの経営するヴァラエティ劇場も、劇場と同じように台詞劇の検閲を受けることにより宮内長官から上演ライセンスを得ることができるようになった。これは、右の上演プログラムにも掲載されている劇場俳優のアイリーン・ヴァンブラがロンドン・コリシーアムに初めて出演したのとほぼ同じころのことであった。

ヴァンブラが、ストールからの出演依頼に応じてロンドン・コリシーアムの舞台に初めて立ったのは一九一一年の年末のことであった。正規の劇場の側にいる人たちが概してヴァラエティ劇場を蔑視する傾向にあったことを考えると、これは彼女にとってかなり勇気のいる大胆な行為であったと思われる。しかし、ヴァンブラ自身の書き残したものを読むと、彼女はヴァラエティへの出演をむしろ新しいことへの挑戦として前向きにとらえていたことがわかる。

ヴァンブラの回想録には彼女がロンドン・コリシーアムに出演した頃のことが少しだけ記されているが、その中で彼女は、ちょうどそのころに正規の劇場とミュージック・ホールの間の境界線が曖昧になり始めたと述べている。

一九一一年ごろ、演劇史にはっきりとした動きが起こった。ミュージック・ホールは正規の演劇と切り離された別世界であったが、その時に初めて、両方の世界が互いに相手の可能性を理解し合ったように思われた。そして、両方の世界の最高のものが互いに相手の領域に入っていくことにより、両者の間の溝が埋められるようになったのである（一〇四）。

劇場とミュージック・ホールの両者が、その境界線を越えて、それぞれの長所を共有するようになったことを、ヴァンブラはこのように肯定的にとらえている。また彼女は、ストールこそ、その両者を建設的に結びつけることのできる人であったとも述べている（一〇五）。

一八七二年生まれのヴァンブラは、十六歳でロンドンの演劇界にデビューし、二十代でヘイマーケット劇場やセント・ジェイムズ劇場など、格式の高い劇場に出演するようになった女優で、シェイクスピアはもとよりピネロの『タンカレー氏の後妻』（エリーン役）やワイルドの『真面目が肝心』（グウェンドレン役）といった、上流階級のファッショナブルな観客を対象にした作品に数多く出演していた。特にセント・ジェイムズ劇場のアクター・マネージャーであったジョージ・アレキサンダーと何度か共演するなど、およそ大衆演芸とは結びつかないタイプの俳優であったことは注目に値するだろう。

そのヴァンブラが、ストールからロンドン・コリシーアムへの出演依頼を受けた時、彼女は自分で作品を選べることを条件に、その依頼に応じている。そしてバリ作の一幕劇『十二ポンドの目つき』を選んでいるが、この作品は特にヴァラエティ向けに書かれたものではなく、劇場用に書かれたもので、劇場において上演された時に評判のよかった作品だったのである。また、ロンドン・コリシーアムに出演した時の彼女自身の演技も、決してヴァラエティ向けにグレードを落としたものではなかった。

しかし、当時の劇評などを見ると、ヴァラエティ劇場の観客はこの作品の良さとヴァンブラの「知的で楽しい」演技（『オブザーヴァー』一九一二年三月十日）を大いに楽しんでいたと報告し、「昨夜は観客がどれだけ『十二ポンドの目つき』を楽しんでいるのかを見るのが興味深かった。観客はかなり違うものでも温かく受け入れていたのである」（『マンチェスター・ガーディアン』一九一二年三月十六日）と好意的に評価している。

それでは、ヴァンブラの選んだ『十二ポンドの目つき』はどのような作品であったのだろうか。

舞台はハリー・シムズの邸宅である。ハリーは数日後にナイトの爵位を受けることになっており、誇らしげに妻と授与式の予行演習を行っている。そこへハリーの依頼で派遣されてきたタイピストが登場するが、そのタイピストは偶然、ハリーの前妻のケイトであることがわかる。

その昔ケイトとハリーが離婚をしたのは、ケイトが突然、別の男性と駆け落ちをしたからであったが、今回の再会により、駆け落ちというのは嘘であったことがわかる。彼女は実は家を出る前から手に職をつけて自立した生活を送ることを密かに計画していたのであった。二人がこのタイミングで再会したのはハリーにとって不愉快な出来事ではあったが、ケイトが立ち去るとシムズ夫妻も結局は普段通りの生活に戻る。

『十二ポンドの目つき』は簡単に言うと、良家の奥様であった主人公ケイトが夫と別れて職業的技能を身につけ、タイピストとして自立する話である。彼女が別れた夫は、人生における成功を何よりも重視し、ナイトの称号を受けるようなエリート。その妻であれば、世間的には誰からも羨望される立場にあったはずである。ハリーも自分と別れて職業婦人になったケイトを見て、

サー・ハリー（彼女を萎縮させるように）：普通の仕事だと！　これがお前の成り下がった姿か。タイピストとは！（十三）

と侮蔑的な言葉を投げかける。

ところが、この劇の面白いところは、ハリーの妻がタイピストのケイトを羨ましそうに見つめる場面がある点である。バリの台本のト書きには、例えば、こういう説明がある。

アイリーン・ヴァンブラ
出典　*W. and D. Downey / Getty Images*

> 彼女〔ケイト〕はタイプを打ち続ける。シムズ夫人は、半分魅了されたかのように、彼女の素早い指の動きを見つめる。役に立たない女性が役に立つ女性を見つめているのだ。夫人は溜め息をつくが、それがなぜだか自分でもわからない（一〇）。

技能を身につけ自立した女性がてきぱきと仕事をこなす光景。その横で、社会的地位は高いが夫に依存せずには生きられない自分に何となく引け目を感じている女性。この両者を並べて見せているわけである。

この二人の女性は、ちょうどイタリア人のボーサが描写した二つのタイプの観客を思い起こさせるだろう。身なりのよい男性にエスコートされて劇場のストール席やボックス席に座るエレガントな女性たちと、それとは異なるさまざまな職業の新しい観客たち。後者のリストの中には、タイピストという言葉も出てきていた。

ヴァンブラが選んだ戯曲は、そのどちらのタイプの観客からも、つまり、劇場においてもヴァラエティ劇場においても、特に女性の観客から共感を得やすいものだったのではないだろうか。登場人物のケイトも、それを演じたヴァンブラもともに既成の枠にとらわれずに、その枠を跳び越えて移動する女性であった。ヴァラエティ劇場の観客にとっては特に、従来のミュージック・ホールと異なるタイプの作品を鑑賞することにより、既成の枠を跳び越えて視野を広げる機会になったと言えるだろう。当時の劇評にも、「ヴァンブラ嬢は観客の視野を広げ、使われないと錆びついてしまう観客の素養を呼び起こすようにも思われた」（『マンチェスター・ガーディアン』一九一二年三月十日）と記されている。(2)

作者のバリ自身、『十二ポンドの目つき』がロンドン・コリシーアムで成功すると、その後は新たな可能性に関心を持ち、ヴァラエティ劇場のために多くの一幕劇や寸劇を執筆するようになっていく。ちなみに、ロンドン・コリシーアムが一九〇四年のクリスマス・イヴに鳴り物入りで営業を開始したのは、ちょうど通りの向かいにあるデューク・オブ・ヨーク劇場が、バリ作の『ピーター・パン』を初演したのと同じころであった。ロンドン・コリシーアムは言ってみればバリにとっての商売敵でもあったのであるが、バリはライバルであったそのヴァラエティ劇場のために皮肉にも作品を書くようになっていったのである。

ヴァンブラは、作品の内容面だけではなく他の面においても、ヴァラエティ劇場に出演することのメリットを指摘している。例えば、

ミュージック・ホールでの仕事はとても面白かった。〈最初の出だし〉が普通の劇場のそれと違うので、それを素早くマスターしなければならなかった。幕が開くとすぐに〈最初の出だし〉に入るのだ。自分の出番が道化の陽気な演技やはらはらする曲芸の後に続くこともあるので、一瞬

のためらいもなく自分の雰囲気を印象づけなければならないのである（一〇五）。

と、演技面についてのコメントを残している。劇場と違って互いに異質な出し物が並べられるヴァラエティ劇場においては、直前まで曲芸や歌が行われていたのに、その同じ舞台でいきなり対話劇を始めないといけない。ストレートプレイの俳優はヴァラエティに出演する際、その難しい課題をうまく解決して、舞台上に自分の空気を即座につくりあげないといけなかったのである。このことはおそらく、ストレートプレイの俳優に限ったことではなかったであろう。歌手やバレエ・ダンサー、そして、寄席芸人たちにとっても、ますます多彩になっていくヴァラエティ劇場において、自分の出し物とは全く異質な出し物の直後にすぐさま自分の演技を始めるトレーニングを自然に行っていたことになるのである。

ヴァラエティ劇場にも対話劇のライセンスが与えられるようになった一九一二年という年は、別のヴァラエティ劇場であるロンドン・ヒッポドロームでレヴューの『ハロー・ラグタイム！』が上演されて大ヒットし、レヴューが爆発的に流行し始めた年でもあることは興味深い。レヴューとは、歌やダンスや寸劇のナンバーを途切れなくつなぎ合わせた表現形式で、それに出演する俳優には表現の幅の広さや変わり身の速さ、機敏さといったものが求められる。ちょうど目まぐるしく変化するロンドンという大都市を象徴するかのように、レヴューは、スピード感と多彩さを特徴としながら瞬く間に人気を獲得したジャンルであった。

ヴァラエティ劇場は、ストレートプレイを含むさまざまなジャンルのものを取り込み、それらを脈絡なく並べて見せることにより、新しい演目や演技の発見を可能にし、新しいジャンルやメディアの発展に手を貸すことになったのである。(3)

5　ヴァラエティ劇場の多様性と豊かな演劇文化の形成

十九世紀後半から社会の変化に合わせて進化・発展し、ヴァラエティ劇場と呼ばれるようになった新時代のミュージック・ホールは、従来の寄席芸能の伝統を受け継ぎながらも、別のジャンルの芸術やエンターテイメントを柔軟に取り込んでいった。オズワルド・ストールが一九〇四年に開場したロンドン・コリシーアムにおいても、その上演プログラムは寄席の演芸だけではなく、オペラ、バレエ、クラシック音楽、一幕劇、レヴュー、映画、流行歌などからも構成され、高級な芸術と大衆向けの芸能が奇妙に混在するものであった。

それは演劇人というよりビジネスマンであったストールが、古くからあったミュージック・ホールを、時代の変化に合わせてアップグレードし続けた結果でもあった。例えばロンドン州議会によってミュージック・ホールの観客席での飲酒が禁止されると、ストールは客席数を増やすことを考え、新しい観客を開拓することになった。女性や子どもも含む家族向けのミュージック・ホールという構想を練り、当時の新しいミドルクラスの人々に、より健全でリスペクタブルなミュージック・ホールを提供することを考えたのである。時代はちょうど仕事を持つ女性たちもロンドンの都市文化の消費者になりつつあったころである。買物や食事のついでに観劇を楽しむ多くの潜在的な観客を掘り起こすことになった。

その結果、ヴァラエティ劇場は正規の劇場とミュージック・ホールの中間に位置するような存在になっていった。ヴァンブラが回想しているように、正規の劇場とヴァラエティ劇場が互いに相手の可能性を理解し相手の領域に入っていくこともあったのである。劇場俳優のヴァンブラが初めてヴァラエティ劇場に出演した時に上演したバリの『十二ポンドの目つき』は、裕福な家庭の奥様だった女性がタイピストとして自立する話であったこともあり、劇場とヴァラエティのどちらの場所においても、特に女性の観客の支持を得るものとなった。

ほとんど無限の柔軟性を持つヴァラエティ劇場は、このように既成の枠を越えた視野の広さを持つことにより、多様なエンターテイメントを生み出し、豊かな演劇文化の形成を可能にしていったと言えるだろう。ヴァラエティ劇場は、レヴューや映画のような新しいエンターテイメントと共存することにより、その後は皮肉にも衰退していくが、そこからは時代の新しい感覚を備えた柔軟で多才な人材が育てられ、それまでになかった新しいタイプの作品が限りなく生み出されていったと言えないだろうか。

*　*　*

付記

本章は二〇一三年十一月九日に英米文化学会第一四二回例会（於日本大学）において口頭発表した

原稿に加筆・修正を加えたものである。また、本章は平成二十四年度科学研究費補助金・基盤研究（C）「二十世紀初頭〜戦間期ロンドンにおける寄席と劇場の関係」による研究成果の一部である。

（1）　V & A Museum Theatre Collections の London Coliseum File 参照。

（2）　ヴァンブラは女優参政権同盟（AFL）創立メンバーの一人であった。また、『十二ポンドの目つき』がヴァラエティ劇場で演じられていたのは、ロンドンにおいて婦人参政権運動がその激しさを増していったのとちょうど同じころであった。したがって、女性が離婚を選び特有財産を所有することを描いたこの『十二ポンドの目つき』の上演には、当然のことながら、同時代の女性観客を啓蒙する目的があったと言えるだろう。しかしながら、その一方で、『十二ポンドの目つき』には婦人参政権問題への言及が全く見当たらず、ヴァンブラ自身の自伝にもこの作品と婦人参政権運動との関係は明示されていない。ウッズが指摘するように、劇場の舞台においては「穏健派」であったヴァンブラは、あえてラディカルな手段を避けて、むしろ巧みに観客の笑いをとり「観客を高揚した気分にさせる」ことで、彼女の目的を果たしていた（一二六 - 一二九）と言えるのかもしれない。

（3）　例えばオリヴァー・ダブルは、複数のメディアに登場していたテディ・ブラウンという一人の芸人に光を当てて、ヴァラエティ劇場と新しいメディアの建設的な関係を論じている。（ダブル、「テディ・ブラウン」を参照。）

参考文献

Barker, Felix. *The House that Stoll Built: The Story of the Coliseum Theatre*. London: Frederick Muller, 1957.

Barrie, J. M. *The Twelve-Pound Look: and Other Plays*. London: Hodder and Stoughton, 1921.

Borsa, Mario. *The English Stage of To-day*. Trans. Selwyn Brinton. London: John Lane the Bodley Head, [1908].

Busby, Roy. *British Music Hall: An Illustrated Who's Who from 1850 to the Present Day*. London: Paul Elek, 1976.

Chambers, Colin. *The Continuum Companion to Twentieth Century Theatre*. 2002; London: Continuum, 2005.

Croxton, Arthur. *Crowded Nights—and Days: An Unconventional Pageant*. London: Sampson Low, Marston, [1934].

Double, Oliver. *Britain Had Talent: A History of Variety Theatre*. Basingstoke: Palgrave Macmillan, 2012.

---. "Teddy Brown and the Art of Performing for the British Variety Stage." *New Theatre Quarterly* 25 (2009): 379-90.

Haddon, Archibald. *The Story of the Music Hall: From Cave of Harmony to Cabaret*. London: Fleetway, 1930.

Jarman, Richard. *A History of the London Coliseum 1904-1981*. London: English National Opera, 1980.

Mander, Raymond, and Joe Mitchenson. *The Theatres of London*. London: Rupert Hart-Davis, 1961.

Rappaport, Erika Diane. *Shopping for Pleasure: Women in the Making of London's West End*. Princeton: Princeton UP, 2000.

Russell, Dave. "Varieties of Life: the Making of the Edwardian Music Hall." *The Edwardian Theatre: Essays on Performance and the Stage*. Ed. Michael R. Booth and Joel H. Kaplan. Cambridge: Cambridge UP, 1996.

Schoch, Richard. "Shakespeare and the Music Hall." *The Performing Century: Nineteenth-Century Theatre's History*. Ed. Tracy C. Davis and Peter Holland. Basingstoke: Palgrave Macmillan, 2007.

Shepherd, Simon. *The Cambridge Introduction to Modern British Theatre*. Cambridge: Cambridge UP, 2009.

Short, Ernest, and Arthur Compton-Rickett. *Ring up the Curtain: A Pageant of English Entertainment Covering Half a Century*. London: Herbert Jenkins, 1938.

Vanbrugh, Irene. *To Tell My Story*. London: Hutchinson, 1948.

Woods, Leigh. *Transatlantic Stages Stars in Vaudeville and Variety*. New York: Palgrave Macmillan, 2006.

コラム5

パレス劇場

2012年にロンドンのパレス劇場でミュージカル『雨に唄えば』が上演された。言うまでもなくアメリカの映画会社 MGM が1952年に製作した同名のミュージカル映画の舞台化である。映画ではジーン・ケリーが演じていたドン・ロックウッドの役を舞台版では元ロイヤル・バレエ団のプリンシパル、アダム・クーパーが演じていた。バレエ・ダンサーであるクーパーがミュージカル『雨に唄えば』では、何と歌を歌い、台詞を喋り、タップ・ダンスを踊っていた。

2012年という年はこのパレス劇場にとって特別な年であった。そして『雨に唄えば』はその特別の年にふさわしい上演作品であった。

ミュージカルで有名なパレス劇場は、かつてはロンドン・コリシーアムと同じヴァラエティ劇場であったが、このパレス劇場では1912年に国王ジョージ五世夫妻を招いてミュージック・ホールで初めての御前興行が行われた。今でも毎年行われるロイヤル・ヴァラエティ・パフォーマンスの記念すべき第1回公演であり、2012年はその100周年にあたる年でもあったのだ。

『雨に唄えば』は無声映画からトーキーに移行する時代のハリウッドが舞台になったバックステージものである。主役のドンは親友コズモとともに元々ヴォードヴィル（英国で言えばヴァラエティ）の芸人であったが、仕事にあぶれて映画の世界に飛び込み、スタントマンからサイレント映画のヒーローへ、そしてトーキーの時代に入るとミュージカル映画の主演俳優へと、時代の変化に合わせてあざやかに転身していく芸人の話である。2012年の舞台版『雨に唄えば』は、舞台上のスクリーンに映像が映されたりバレエ・ダンサーがタップ・ダンスを踊るなど、異なるメディアやジャンルが見事にミックスされた実に楽しい上演作品であった。ミュージカルを含む後続の新しいジャンルに計り知れない影響を与えたかつてのヴァラエティ劇場や、そこで活躍していた人たちへの最高のオマージュでもあったのだ。（赤井）

パレス劇場（2013年2月撮影）

6章

ロイヤル・オペラ・ハウス
―バレエ・リュスと英国ロイヤル・バレエの誕生―

蒔田　裕美

バレリーナの像とロイヤル・オペラ・ハウス
（2013年11月撮影）

1　ロイヤル・オペラ・ハウス

ロイヤル・オペラ・ハウスは、世界に名高いロイヤル・オペラ、ロイヤル・バレエの殿堂である。特に、ロイヤル・バレエのレベルは高く、格調高いクラシック・バレエを上演することに定評がある。ロイヤル・バレエを代表する振付家ケネス・マクミランは、一九六五年に『ロミオとジュリエット』をバレエ化し、二十世紀の古典と呼ぶにふさわしい作品も生み出した。「ロイヤル・スタイル」の代名詞であるマーゴ・フォンテイン、東洋人初のプリンシパルであった熊川哲也と吉田都は、バレエ・ファンならずとも日本でなじみのある名前である。しかし、「ロイヤル」の名から連想される伝統や格式とは裏腹に、ロイヤル・バレエは極めて歴史が浅い。ロイヤル・オペラ・ハウスを本拠地とするバレエ団が設立されたのは、一九四六年になってのことである。同じく三大バレエ団と称されるパリ・オペラ座バレエは一六六一年、マリインスキー・バレエが一七八三年の創立であるから、その差は歴然である。

ヨーロッパで王権と結びついた宮廷バレエが隆盛をみた頃、英国でも歌や台詞を伴う宮廷バレエに匹敵する仮面劇が流行していた。しかし、フランスでルイ十四世が『夜のバレエ』（一六五三）の太陽役を踊って最盛期を迎えた後、宮廷から劇場へと上演の場が移行する重要な時期に、英国では清教徒による劇場封鎖（一六四二‐一六六〇）が行われたため、バレエは発展の道を閉ざされてしまった。ヨーロッパでは十八世紀頃までに、オペラとバレエ団が常設された歌劇場が次々と創設され、オペラとバレエは宮廷の支援を受けて発展していったが、英国における歌劇場の創設経緯は他のヨーロッパと一線を画す。

ドナルドソンの『二十世紀のロイヤル・オペラ・ハウス』によると、ロイヤル・オペラ・ハウスは、アクター・マネージャーのジョン・リッチが、古い修道院の庭（convent garden）にシアター・ロイヤル・コヴェント・ガーデンを建設し、一七三二年に開場したことに端を発す。「ロイヤル」という冠称は、王室が援助する劇場を意味するのではなく、五幕形式の正規劇を上演するための勅許が与えられていることを指す。勅許劇場は、他にドゥルリー・レーン劇場と、夏期限定で勅許を受けていたヘイマーケット劇場だけであるから、ロイヤル・オペラ・ハウスは、正規劇を独占する場として幕を開けたのである。

一八〇三年には、ジョン・フィリップ・ケンブルがドゥルリー・レーン劇場から移り、アクター・マネージャーになった。ケンブル一族が演劇史上重要な舞台を上演したが、一八〇八年の火災で劇場が再建されると、観客収容数が三千人にも膨れ上がり、いささかスペクタクル色が濃くなりすぎていった。劇場は大きくなりすぎて、役者の声が客席全体に届かず、大げさな演技と台詞回しを強いられたという（グラストーン　三一）。一八四三年の劇場法制定で、勅許劇場における正規劇の独占が終わると、ミラノ・スカラ座をまねて客席を改造し、一八四七年にロイヤル・イタリアン・オペラ・ハウスとして生まれ変わった。英国におけるオペラ・ハウスの誕生である。「イタリアン」がついている通り、ドイツやフランスのオペラもイタリア語で歌われていたが、一八九二年になると、イタリア語以外のオペラ上演も開始され、ロイヤル・オペラ・ハウスに改称された。常設のカンパニーは存在していないものの、パッティ、メルバ、カルーソといった海外のスターにより、オペラの黄金時代を迎え、二十世紀に入ってもオペラ上演は続いていく。

バレエはというと、ロマン主義運動の流れを汲み、異国と超自然への傾倒がみられるロマンティック・バレエが黄金期を迎えた一八三〇年から約二十年間、ロンドンはフランスやイタリアのスターが集まる都市であった。アイヴァ・ゲストの『イングランドにおけるロマンティック・バレエ』に詳しいが、ロマンティック・バレエの傑作『ラ・シルフィード』の英国初演（一八三二）は、コヴェント・ガーデンである。ヴィクトリア女王はバレエ・ファンであったが、ピアノの脚をさらけ出すことさえ卑猥だとして、布で覆い隠したヴィクトリア朝において、国がバレエを援助するなど到底考えられない。また、国はどのような芸術分野の助成もしなかったので、バレエを積極的に輸入はするものの、自国のバレエを育てようとはしなかった。そのため、ロマンティック・バレエの衰退とともに海外のスターが消え、オペラ人気に拍車がかかると、バレエは劇場から締め出され、ミュージック・ホールの余興に成り下がっていく。十九世紀半ばからは、チャールズ・ディケンズが『オール・ザ・イヤー・ラウンド』（一八六四年九月三日）で述べたように、「バレエは死に絶え、墓場へ行ってしまった」のである。

それでは、一度墓場に消えてしまったバレエはいかに命を吹き返したのだろうか。ロイヤル・オペラ・ハウスでバレエが再び脚光を浴びるのは、一九一一年のセルゲイ・ディアギレフ（一八七二‐一九二九）率いるバレエ・リュス（一九〇九‐一九二九）公演である。バレエ・リュスは、バレエにおけるモダニズムを切り開いたバレエ団であり、二十世紀を代表する芸術家たちと共同でバレエを制作することにより、舞踊のみならず、音楽、美術、衣装などさまざまな芸術分野に影響を及ぼした。リン・ガラフォラの『ディアギレフのバレエ・リュス』は、バレエ・リュスを初めて社会学的アプローチによって研究した大著であり、作品研究に加え、バレエ・リュスの興行、パリ、英国、アメリカにおける観客受容が明らかにされた。ガラフォラは序文において、バレエ・リュスがロイヤル・バレエの結成に影響を与えたことを指摘しているが、バレエの伝統を持たなかった英国が、なぜ瞬く間に世界の檜舞台に躍り出ることができたのだろうか。本章では、バレエ・リュスの英国初演における評価を検討し、バレエ・リュスがどのように受容され、ロイヤル・オペラ・ハウスを本拠地とするロイヤル・バレエの成立にかかわったのかを明らかにする。

2　ロイヤル・オペラ・ハウスにおけるバレエ・リュス初演

初めに、バレエ・リュス初演の経緯について触れておきたい。ロイヤル・オペラ・ハウスは一八五八年から、各国の要人が公式訪問する際に記念公演が開催され、英国で最も重要な劇場とみなされていた（グラストーン　三四）。一九一一年には、ジョージ五世の即位記念公演が行われ、バレエ・リュスは、即位記念公演を含む六月二一日から三一日にわたり、ロイヤル・オペラ・ハウスで初演した。ここで疑問となるのは、上流階級が観客層の保守的なロイヤル・オペラ・ハウスで、いかにして革新的なバレエ・リュスが受け入れられたのかという点であろう。

ロイヤル・オペラ・ハウスの観客は、プッチーニ崇拝が強かったが、バレエ・リュス公演の前年から、指揮者トマス・ビーチャムによる実験的なオペラ上演が開始されていた。大富豪ビーチャムは、シーズン・オフのロイヤル・オペラ・ハウスを自費で借り、リヒャルト・シュトラウスのセンセーショナルな『エレクトラ』や『サロメ』など現代的な演目を上演した。バレエ・リュスを英国に呼んだのも、ビーチャムの尽力によるものであった。ディアギレフ自身も、第一級の歌劇場であるロイヤル・オペラ・ハウス公演には細心の注意を払い、例えば、イーゴリ・ストラヴィンスキー（一八八二‐一九七一）の音楽は、英国の観客には時期尚早として、『火の鳥』（一九一〇）と『ペトルーシュカ』（一九一一）を外している。

バレエ・リュスのそもそもの出発点は、ディアギレフと画家アレクサンドル・ブノワ（一八七〇‐一九六〇）が創刊した雑誌『芸術世界』（一八九八‐一九〇四）による。ブノワは「ヴァーグナーが夢み、天才たちが夢みた総合芸術の理想はバレエにこそ求められる」（エクスタインズ　四八）と考えており、『芸術世界』の一派とミハイル・フォーキン（一八八〇‐一九四二）らが共同でバレエ制作を開始する。フォーキンは、マリウス・プティパ（一八一八‐一九一〇）のクラシック・バレエに反発し、改革を行った。十九世紀末のロシア・バレエは、マリインスキー帝室劇場の首席バレエ・マスターであるプティパが、優雅なフランス派と技巧的なイタリアのバレエを融合させ、チャイコフスキーの三大バレエに代表されるクラシック・バレエを確立させた。クラシック・バレエの特徴は、三、四幕形式に、精緻を極めたコール・ド・バレエ（群舞）、主役の男女が華麗な技を披露するグラン・パ・ド・ドゥ、筋とは無関係に、楽しませることを目的としたディヴェルティスマンが盛り込まれていることである。フォーキンは、プティパが打ち立てたクラシック・バレエの形式を用いずに、主題や時代に即した舞踊、音楽、美術で構成される一幕ものの新しいバレエを創作したのである。

ロイヤル・オペラ・ハウスにおける第一シーズンの演目は、すべてフォーキンの振付によるもので、ゴーチエの『オンファール』に基づく『アルミードの館』、コンメディア・デッラルテの影響が色濃い『カルナヴァル』、オペラ『イーゴリ公』より「ポロヴェッ人の踊り」、『クレオパトラ』、現在でも繰り返し上演される『シェエラザード』、『薔薇の精』、『レ・シルフィード』が入っていた。フォーキンは、スタニスラフスキーの写実主義からメイエルホリドの象徴主義に至るまで、さまざまな源泉から霊感を得ている（スヘイエン　一六八）が、英国初演では、『シェエラザード』のエキゾティズムと『レ・シルフィード』のロマンティシズムが熱烈に受け入れられた（マクドナルド　四六）。

例えば、『シェエラザード』は『千一夜物語』第一話に基づき、サルタンが留守中のハーレムで繰り広げられる性の饗宴と虐殺である。レオン・バクスト（一八六六‐一九二四）による鮮烈な赤や緑に彩られた舞台美術は一世を風靡し、パリ同様ロンドンでも、アラビア風の衣装が社交界で大流行した。『レ・シルフィード』は、ショパンのワルツとマズルカに合わせ、詩人と空気の精が戯れる情景を描き、筋を持たないことから抽象バレエの先駆けとなった作品である。と同時に、足首までスカート丈のあるロマンティック・チュチュをまとった妖精が月夜の晩、つま先立ちをするポワント技法で幻想的に舞う様は、クラシック・バレエより一時代前のロマンティック・バレエへのオマージュとみなすこともできる。原題は『ショピニアーナ』であったが、ディアギレフは、ロマンティック・バレエの傑作『ラ・シルフィード』を想起させる名前に改称している。フォーキンは、クラシック・バレエの形式を改革したが、バレエの技法であるダンス・デコールは踏襲しているのである。

次に、バレエ・リュスの英国初演に際しての評価をみていきたい。バレエ・リュスは、絶賛を博した。『デイリー・ニューズ』（一九一一年六月二二日）は、新聞各紙の批評を次のように要約している。

最初の演目は『アルミードの館』だった。作曲家自らが指揮を振り、序曲が演奏され始めると、聴衆は驚いて顔を見合わせた。英国でバレエが上演される時のような、安っぽい曲を予想していたからだ。〔…〕ロシアで発展したバレエが、まじめな芸術形式であって、フットライトで照らして、可愛い女の子やドレスを見せるための口実ではないことが、初めて示されたのである。うっとりするような舞台だった。〔…〕かつてこの国で見られたいかなる舞台作品を凌駕している。

英国でバレエというと、娼婦がたむろするミュージック・ホールで、女性の姿態を鑑賞するための口実にすぎなかった（アンダーソン　六）。ただし、七月革命後に一時民営化したパリ・オペラ座のフォワイエ・ド・ラ・ダンス（舞台袖のリハーサル室）も、定期会員が自由に出入り可能で、バレリーナとの交渉の場へと堕落していた。とはいうものの、民営化の時期も政府から補助金は出ていたし、歴史を誇るパリ・オペラ座からバレエが消えることはなく、むしろグランド・オペラには必ずバレエを入れる決まりがあった（鈴木『バレエ誕生』二四三）。しかし、英国のバレエは劇場で上演されず、ミュージック・ホールの低級な娯楽とみなされていたのである。

一方、バレエ・リュスは、帝室バレエ学校で完璧なテクニックを身につけたダンサーが、洗練された身のこなしで登場し、質の高さは舞踊にとどまらず、台本、音楽、美術のどれをとっても、高い芸術性を誇るものであった。すでに、リヒャルト・ワーグナー（一八一三 - 一八八三）が音楽を中心に、演技、美術、照明、すべての要素が一体となる総合芸術を主張していた。その後一八九〇年代から、ワーグナーが実現できなかった総合芸術を完成させるべく、演出家アドルフ・アッピアやゴードン・クレイグが、芸術としての演劇をめざし、舞台空間を造形しようとしたが、俳優の演技をうまく融合できずにいた。しかし、ディアギレフは作品ごとに芸術家を選別し、共同で台本、音楽、舞台背景、衣装が渾然一体となるこれまでに類をみない舞台芸術を生み出すことに成功した。余興にすぎなかったバレエは、バレエ・リュスのおかげで芸術と認められたのみならず、演劇人がなかなか実現できなかった総合芸術を示してみせた。

英国におけるバレエの発展を考える上で、バレエ・リュスの英国初演が果たした功績は、文学、美術、経済、政治などの分野で活躍したブルームズベリー・グループを中心とする知識人が、バレエに感化されたことである。政治評論家レナード・ウルフは、バレエ・リュス以上に素晴らしい舞台は観たことがなく、これほどまでに知識人たちが劇場に通うことはなかったと自伝に綴っている（四八 - 四九）。ヴァージニア・ウルフは、美術評論家ロジャー・フライが、バレエ・リュスによって「新しい可能性と、音楽、舞踊、装飾の新たな結合を示唆された」（二三二）と述べている。このように、バレエ・リュスは、英国においてもあらゆる前衛芸術分野に影響を及ぼしたのである。

ブルームズベリー・グループが、バレエ・リュスを支持したもう一つの理由は、アンドロギュノスの魅力を放つワスラフ・ニジンスキー（一八八九 - 一九五〇）の存在である。審美家集団としてのブルームズベリー・グループは芸術を頂点に位置づけ、ヴィクトリア朝の社会的因襲、とりわけ性道徳

『薔薇の精』ニジンスキー
出典　*E.O.Hoppe / Getty Images*

を拒絶した（ドスタレール　七三）。経済学者ジョン・メイナード・ケインズ（一八八三‐一九四六）は、ニジンスキーを美の理想として掲げ、脚を観賞しに劇場に通うとリットン・ストレイチー（一八八〇‐一九三二）宛の手紙に記している。ストレイチー自身もニジンスキーに夢中になり、たくさんの花を贈った。ガラフォラが指摘しているように、ニジンスキーの身体は、ブルームズベリー・グループのホモセクシャルへの欲求を喚起したのである（三二三）。ニジンスキーの映像は、現時点で発見されていないが、写真からも両性具有的な妖艶さは表出している。ニジンスキーは、『シェエラザード』で野性的な黒人奴隷に扮したかと思えば、『薔薇の精』では、全身に薔薇の花びらをつけたしなやかな妖精へと変容し、最後の跳躍で虚空の彼方へ消えたという伝説を生んだ。

『薔薇の精』は、ゴーチエの同名の詩から着想を得ており、ウェーバーの甘美な『舞踏への誘い』にのせて、少女が夢の中で薔薇の精と踊る情景は、ロマンティシズムの香りが濃厚であるが、ロマンティック・バレエと決定的に異なるのは、女性の役と決まっていた妖精を男性が演じたことである。ディアギレフは同性愛者であったから、恋人であるニジンスキーを舞台の中心に据えたが、舞踊史上、男性舞踊家の地位が復権され、女性の肢体を眺めるためのバレエという固定観念を断ち切る結果となった。その後、ニジンスキーは女性と結婚したために、ディアギレフから解雇されるが、ケインズたちはバレエ・リュスのファンであり続けた。

バレエ・リュスは、英国初演で比較的保守的なプログラムを組んだが、真骨頂は、やはりバレエにおけるモダニズムを切り開いたという点だ。フォーキンの次に振付を手がけたニジンスキーは、『タイムズ』（一九一三年六月五日）が述べたように、『春の祭典』（一九一三）で、舞踊に「真の革命」をもたらした。パリにおける『春の祭典』の初演の様子は、近年では、映画『シャネルとストラヴィンスキー』の冒頭で再現されているように、舞台史上最大の騒乱を起こした。エクスタインズは、『春の祭典』の初演が「〈モダニズム〉の発展にまさしく一つの時代を画した。モダニズムとは何よりもセンセーショナルな事件による文化」（三七）であるとし、この作品をモダニズムの画期的ランドマークに位置づけている。

それでは、『春の祭典』の何がセンセーショナルだったのだろうか。エクスタインズは、異教徒の儀式で、生贄に捧げられた乙女が踊りぬいた末に死ぬという主題について、「原理的、かつ残忍である。もし救いを見いだすとすれば、それは生の豊穣とエネルギーであって、道徳ではない」（八二）とし、『春の祭典』は、文明の概念そのものに疑問を投げかけたと解釈しているが、上演に際しては、ストラヴィンスキーの不協和音と荒々しいリズムが、当時の聴衆にとって雑音のように聴こえたことは想像に難くない。さらに、ニジンスキーは、クラシック・バレエにおけるアン・ドゥオールの大原則を破って内股で重心を下げ、首をかしげたままの姿勢や、足で床を踏み鳴らすなど、それまでのバレエでは考えられない振付をし、観客は嫌悪感をもよおした。ニジンスキーはダンス・デコールに反旗を翻すことにより、肉体の根源に迫り、死に直面した生命の燃焼そのものを浮き彫りにしようとした。

乙女が忘我の境地で踊り狂い、痙攣するさまは、ストレイチーに「人生で最も痛ましい体験」（ガラフォラ　三一六）と言わしめたように、美的な快感ではなく死に伴う苦痛を喚起させるのである。

『春の祭典』で伝統と決別したバレエ・リュスは、第一次世界大戦後に本格的なモダニズムの時代に入り、キュビスム、野獣派、シュルレアリスム、イタリア未来派、表現主義、ダダを代表する芸術家たちとバレエ制作を開始する。その第一歩が、『パラード』（一九一七）である。ディアギレフから「私を驚かせてくれ」と言われたコクトーが台本を手がけ、ピカソがキュビスム風の造形物でできた衣装を完成させ、サティは、サイレンやタイプライターの音を取り入れた音楽を付け、プログラムにはアポリネールが解説を記したことで、モダニズムを宣言したバレエとみなされてきた（ガラフォラ七六）。振付は、ディアギレフが新たに見出したレオニード・マシーン（一八九五 - 一九七九）である。『パラード』の同年に、同じくパリで初演された『花火』においては、ダンサーが登場せず、ストラヴィンスキーの音楽とライトのみで表現するという、バレエから逸脱した極致にまで到達している。このように、最先端の芸術様式は、ほぼすべてバレエ・リュスの舞台に登場し、次々と樹立する芸術様式と世界観―すなわちモダニズム―を観客は受容したのである。

3　クラシック・バレエへの回帰

パリで実験的な作品を初演したバレエ・リュスが、特に英国に及ぼした影響は何であっただろうか。英国ではパリより少し遅れるものの、新作は上演されている。例えば、一九一二年にはロイヤル・オペラ・ハウスで『火の鳥』、一九一三年には『ペトルーシュカ』と『牧神の午後』（一九一二）が上演された。『牧神の午後』は、ニジンスキー演じる牧神が、ニンフの落としたヴェールの上に横たわり、自慰行為を連想させる仕草をすることから、パリでは卑猥だと非難された。しかし、ディアギレフの懸念をよそに、ロンドンでは成功をおさめている。

英国におけるバレエ・リュス上演の特徴は、主に二つ考えられる。一つは、第一次世界大戦後に、上演の場が変化したことである。ベル・エポックの時代が終焉を迎えると、裕福な貴族のパトロンが減り、バレエ・リュスは財政難に陥った。ディアギレフは、軽蔑していたヴァラエティ劇場での上演を余儀なくされ、一九一八年のロンドン・コリシーアムでは、犬の曲芸と奇術の合間に出演するという屈辱を味わう。しかし、ヴァラエティ劇場やミュージック・ホールでは、ロイヤル・オペラ・ハウスよりも前衛的な作品が歓迎され、バレエ・リュスの観客層が大いに拡大する結果となった。

二つ目は、ミュージック・ホール、アルハンブラにおけるクラシック・バレエの全幕上演である。アルハンブラは、マシーンが一九一九年にドランの美術で『奇妙な店』、ピカソの美術で『三角帽子』を初演して大喝采を浴びていた。モダン・バレエが成熟期を迎えていた中、ディアギレフは突如、クラシック・バレエの最高傑作『眠れる森の美女』（一八九〇）を『眠り姫』と改題し、復活上演することを決める。(1) クラシック・バレエの改革者が時代を逆行した理由として考えられるのは、当時、マシーンがニジンスキー同様に去ったために、新作を上演できなかったことにある。皮肉にもハー・マジェスティーズ劇場では、『シェエラザード』に着想を得たミュージカル・コメディ『チュー・チン・チョウ』が、ロングラン公演を行っていた。ディアギレフは「永遠に上演できるバレエがあったら楽だな」と語ったという（グリゴリエフ　一六七）。このような理由から、ディアギレフが、すでに完成されたクラシック・バレエ作品を上演するという安定志向に逃げたとみなされた。

しかし、『眠り姫』の編曲をしたストラヴィンスキーは、自伝で次のように語っている。

ディアギレフは自分の魂と力を全部注ぎ込み、しかももっとも「無欲な」やり方でだった。というのもそこでは、自分を改革者として認めさせることや、新しい形式によって公衆の好奇心を惹きつけることは問題でなかったからである。〔…〕初演に参加するのは本当に嬉しいことだった。単にチャイコフスキーに対する愛情によってばかりでなく、古典バレエに対する深い感嘆のためでもあった（一一六）。

ディアギレフは、やむなくクラシック・バレエを上演したのではなく、むしろ全身全霊を込めて再演に取り組んだことがうかがえる。ルイ十四世時代の宮廷を再現する『眠れる森の美女』は、クラシック・バレエの中でも、舞台装置や衣装に莫大な費用がかかる。楽に利益を得るためだけなら、制作費用のかからない作品は他にいくらでもあったはずである。しかし、ディアギレフは二百人以上の豪華絢爛な衣装や、仕掛けが施された装置をバクストに準備させた。また、マリインスキー帝室劇場出身の名バレリーナを数名呼び寄せ、技法の面でも完璧なクラシック・バレエを紹介しようとした。

ところが、ディアギレフの熱意もむなしく、次第に客席が埋まらなくなり始めた。その年のシーズンは、プリンス・オブ・ウェールズ劇場に裸足で即興的に踊るイサドラ・ダンカン（一八七七‐一九二七）や、ロンドン・コリシーアムに当時最新技術であった電気照明を衣装に当て、イリュージョンをみせたロイ・フラーなど目新しいモダン・ダンスの公演が目白押しだった。斬新な舞台を観ることに慣れた観客は、全五幕で四時間のクラシック・バレエを観ることに耐えられなかったのだろう。前述したように、フォーキンが一幕もののバレエを創作して以来、一つの演目が一時間を超えることはなかったのである。六か月の公演予定が三か月で打ち切りになり、一万一千ポンドの負債を負ったバレエ・リュスは、その後二年間、ロンドンに足を踏み入れられないほど、存続の危機に陥った。

『眠り姫』は批評家から酷評される結果となり、『サンデー・タイムズ』（一九二一年一一月六日）のアーネスト・ニューマンは、バレエ・リュスが「自殺した」と言い放った。これまで、革新的なバレエ・リュスを熱狂的に支持してきたストレイチーも「気分が悪くなる」（ガラフォラ　三四二）と吐き捨てるように言っている。当時、振付助手であったニジンスキーの妹、ブロニスラワ・ニジンスカ（一八九一－一九七二）でさえ、上演前から「馬鹿げているとしか思えなかった。それは過去への逆戻りであり、つまらない仕事だ。〔…〕新しいバレエを創造しようという探求の、否定以外の何物でもない」（スヘイエン　三六四）と述べていた。前衛的なバレエ・リュス路線から外れたクラシック・バレエの上演は、バレエに革命をもたらしてきたバレエ・リュスの衰退を意味すると解釈されたのである。

しかし、ディアギレフの舞踊に対する理念をもう一度見直してみると、クラシック・バレエを上演した意義が明らかになる。

ダンカン、ダルクローズ、ラバン、ウィグマンらは新しい潮流を探求するすばらしい先駆者たちだ。〔…〕しかし彼らのいう「時代遅れの」古典舞踊との闘いのせいで、ドイツは袋小路にはまり、そこから抜け出せないでいる。〔…〕我々の具体的で力動的な構造は、古典主義と同じ基礎をもたねばならず、古典主義があるからこそ、新しい形が見えてくる（スヘイエン　四二〇）。

モダン・ダンスの先駆者であるダンカンは、バレエ・リュス結成前の一九〇四年に、ロシアで公演を行っている。裸足で自由に動き回る開放的な舞踊は、常に新しい潮流を追うディアギレフに刺激を与えないわけにはいかなかった。しかし、ダンカンはクラシック・バレエを完全に否定し、アカデミックな教育を受けていない。ディアギレフは、その点に限界をみていた。クラシック・バレエを基盤とした上で、自由で新しいスタイルの作品を生み出すほうが、無限大の可能性を秘めていることに気づいていたのである。したがって、ディアギレフは、クラシック・バレエの訓練を団員に毎日課していた（ガラフォラ　viii）。つまり、厳格なクラシック・バレエの技法を基盤とすることにより、大胆な挑戦に臨んでいったのがバレエ・リュスだといえる。

実は、常に時代を先取りしたディアギレフが、『眠り姫』の上演に対してのみ「十五年早すぎた」と述べていた（フォンテイン　四八）。バレエは他の芸術と異なり、古典とモダンの受容の流れが逆で、クラシック・バレエは、二十世紀のヨーロッパで一度も上演されたことがなかった。つまり、バレエ・リュスが生み出したモダン・バレエと、ダンカンに代表されるモダン・ダンスが先にヨーロッパで受容され、ロシアで大成したクラシック・バレエは未知の存在であった。その意味において、『眠り姫』の上演は実験的だったといえる。英国では、『眠り姫』を「ウルトラ・モダン」な作品と称し、バレエ・リュスのロンドン・デビュー以来、最重要の出来事と解釈した批評家もいた（ハスケル　五四）。『眠り姫』は、興行的に大失敗を被りながらも、ロイヤル・オペラ・ハウスよりも観客層が幅広いミュージック・ホールにおいて、三か月もの間、英国だけにクラシック・バレエの種を蒔いたのである。

4　英国ロイヤル・バレエへの道

バレエ・リュスは一九二九年、ディアギレフの死によって解散したが、バレエの伝統がなかった英国のバレエはその後どのように形成されたのだろうか。英国におけるバレエの発展を考える上で、最大の貢献をした人物は、ロイヤル・バレエ生みの親ニネット・ド・ヴァロワ（一八九八‐二〇〇一）と、ケインズである。ケインズは『眠り姫』の上演中、まるで魔法をかけられたかのように、オーロラ姫などを踊ったリディヤ・ロポコワ（一八九一‐一九八一）に夢中になり、一九二八年に結婚した。「美と知性の結婚」と謳われたケインズ夫妻とド・ヴァロワが果たした役割に焦点を当てて、ロイヤル・バレエがいかに成立したのかを概観していく。

バレエ・リュスで活躍したアイルランド人、ド・ヴァロワは、英国にバレエの伝統がないことに気づき、一九二六年にバレエ学校を開くと、リリアン・ベイリスと提携し、オールド・ヴィック劇場の舞台に生徒を出演させていた。ロポコワは、ド・ヴァロワに十九世紀の作品を上演するよう勧め、プティパの舞踊譜を持っていたニコラス・セルゲエフ[2]との仲介役を果たした（ジェネ　一三九）ことにより、クラシック・バレエとモダン・バレエの両方をレパートリーとする、ヴィック・ウェルズ・バレエを生み出す手助けをしたのである。これは、演劇界におけるレパートリー・シアター運動を手本にするものであったが、舞踊史上では画期的な考えである（ジェネ　一五三）。しかし、ヨーロッパのバレエが、王室や国が管理する劇場に属する形で成り立ってきたことを考えると、労働者階級向けの劇場から出発した小さな民営バレエ団が、なぜ驚異的な速さで成長できたのだろうか。

英国では、バレエ・リュスの支持者たちが、バレエの振興を目的とする「カマルゴ協会」（一九三〇）を設立したことが重要である。協会の財務は、ケインズが担当した。協会の目的は、「舞台協会」を模範として、年に四回ウエストエンドの劇場で、会員向けにクラシック・バレエと英国人による新作を上演することである。「カマルゴ協会」が上演した中で、特に重要な作品は『ヨブ』（一九三一）である。ウィリアム・ブレイクの『ヨブ記』に基づき、経済学者ケインズの弟ジェフリー・ケインズによる台本、ド・ヴァロワの振付、ヴォーン・ウィリアムズの音楽により、初の英国的バレエが誕生したとみなされている（クラーク　七二）。このように、一九三〇年代には、バレエ・リュスを模範としてコラボレーションが開始され、英国人の力だけで、バレエを創作することが可能となった。ケインズは財政のみならず、ヴィック・ウェルズ・バレエに、上演の場を提供することにも尽力し、一九三三年にはロイヤル・オペラ・ハウスで、世界経済会議を祝したガラ公演も企画している。ヴィック・ウェルズ・バレエが大舞台に立つ実力が備わったことを見届けると、協会は解散し、資金をすべてバレエ団に贈った。

「カマルゴ協会」の援助により自立できたヴィック・ウェルズ・バレエは、一九三四年にサドラーズ・ウェルズ劇場で『ジゼル』『くるみ割り人形』『白鳥の湖』といった十九世紀の作品を全幕上演することに成功した。さらに、一九三九年にはロイヤル・オペラ・ハウスで『眠れる森の美女』を上演し、フォンテインが英国を代表するバレリーナとして認められた。ディアギレフが「十五年早かった」と予言した通り、十七年後にはディアギレフが希望していたロイヤル・オペラ・ハウスでの全幕上演が実現したのである。

バレエ・リュスは解散後も、欧米各地に影響を与えた。例えば、バレエ・リュス最後の振付家ジョージ・バランシン（一九〇四‐一九八三）は、アメリカにバレエ団を設立するため、一九三三年に渡米し、スター・ダンサーであったセルジュ・リファール（一九〇五‐一九八六）は、一九三〇年にパリ・オペラ座の芸術監督に就任した。マシーンやニジンスカも自身のカンパニーを設立し、欧米各地で活発な上演を行っていた。しかし、バレエ・リュス関係者は、誰一人クラシック・バレエの全幕上演を試みることはなかった。全幕上演に意義を見出していたのは、ド・ヴァロワだけであった。現在では、どのバレエ団もクラシック・バレエを上演することが当たり前であるが、これを初めて確立させたのは英国である。ヴィック・ウェルズ・バレエは、一九四〇年代から欧米での海外ツアーを開始し、クラシック・バレエを伝道していった。ロシアは、クラシック・バレエの伝統を保持していたものの、ボリショイ・バレエ団が初めて国外に出たのは一九五六年である。つまり、イタリアで生まれフランスで花開き、ロシアで完成したクラシック・バレエを、バレエ不毛の地であった英国が、逆に輸出する役目を担ったのである。

5 ケインズのロイヤル・オペラ・ハウス復興計画

英国のバレエが誕生し、世界的名声を得るまでの経緯をたどってきたが、ロイヤル・オペラ・ハウスを本拠地とするロイヤル・バレエは、いかにして成立したのだろうか。ケインズは「国家的自給」(一九三三)の中で、十八世紀以来社会を支配している功利主義のせいで、英国が利益の出る支出しか認めていないことを批判していた。そこで、芸術を国の中心に据えるため、すでに会長を務めていた音楽芸術奨励協議会を、一九四五年に英国芸術評議会に改組した。これが、後のアーツ・カウンシルの礎となった。ケインズの功績により、英国でも芸術に対する助成金がようやく認められたのである。

ロイヤル・オペラ・ハウスは、戦時中、ダンス・ホールとして使用されていただけであった。ケインズは、一九四四年にロイヤル・オペラ・ハウス委員会の議長に任命されると、劇場の復興に乗り出した。その際、重要視したことは、常設のオペラとバレエ団を設置することであった。バレエに関しては、すでに世界的名声を得ていたサドラーズ・ウェルズ・バレエ(四一年にヴィック・ウェルズ・バレエ改称)が、ロイヤル・オペラ・ハウスに移転するだけで良かった。しかし、オペラは、新たにコヴェント・ガーデン・オペラ・カンパニーを発足させる必要があった。オペラは、十九世紀から常に上演されていたにもかかわらず、海外のスター歌手が支配していたため、一九四六年の劇場再開時に英国人による高い水準のオペラを上演することは困難であった。そのため、オープニングを飾ったのは、すでに世界的名声を得ていたサドラーズ・ウェルズ・バレエのほうであった。ケインズが選んだ演目は、バレエ・リュスの遺産『眠れる森の美女』である。民営バレエ団が、国立バレエ団になるのは、世界初である。「ロイヤル」の称号は後から与えられたものにすぎず、ロイヤル・バレエと称されるのが一九五六年、オペラ・カンパニーがロイヤル・オペラになるのは、その三年後である。

バレエの伝統を持たなかった英国が、瞬く間に世界屈指のロイヤル・バレエ団を設立できた理由は、革新的なバレエで名を馳せたバレエ・リュスの基盤が、クラシック・バレエであることを発見したことにある。クラシック・バレエの全幕上演を軸に新作を上演することは、舞踊史上、画期的であり、世界のバレエ団が英国の方法を踏襲していく。英国最高峰のロイヤル・オペラ・ハウスは、ロイヤル・バレエが誕生したことにより、海外の芸術を輸入するだけの空間から、英国の芸術を発信する場へと変貌を遂げることができたのである。

ロイヤル・バレエの発展はクラシック・バレエ、あるいは古典文学のバレエ化にとどまるのではない。冒頭で述べた振付家マクミランは、おとぎ話や文学作品の枠から離れ、生身の人間が持つ情念に焦点を当てていく。代表作『マイヤリング』は、ダニエル・ダリューやドヌーヴ主演の映画

『眠れる森の美女』（1946）
マーゴ・フォンテインとロバート・ヘルプマン
出典　*Merlyn Severn / Getty Images*

『うたかたの恋』と同じく、皇太子ルドルフとマリーの心中をバレエ化したものである。しかし、マクミランは、感傷的な美しい悲恋物語を剥ぎ取り、暴力的なまでに狂気をはらんだエロスとタナトスを噴出させた。バレエ・リュスの特徴であったクラシック・バレエを基盤に、変幻自在にバレエの可能性を広げる新しい方法を、ロイヤル・バレエは実践しているのである。

＊　＊　＊

付記

本章は、英米文化学会第一四〇回例会（二〇一三年三月九日　於日本大学）における口頭発表を基に、大幅な加筆・修正を施したものである。

（1）英国で人気のクリスマス・パントマイム、『眠れる森の美女』と間違えられないよう改題した（バックル　一三一）。なお、『眠り姫』はプティパの舞踊譜に基づくが、全く同じ形式で上演したわけではない。ニジンスカは、マイムの場面を新しい振付で再構成するなどの改変を行った（プティパ　一八二－八三）。

（2）セルゲエフはマリインスキー帝室劇場の元舞台監督で、バレエ・リュスが『眠り姫』を上演した際にも招かれた。

参考文献

Anderson, Zoë. *The Royal Ballet: 75 years*. London: Faber and Faber, 2006.

Beaumont, Cyril W. *Michel Fokine and his Ballet*. London: Dance Books, 1935.

Bland, Alexander. *The Royal Ballet: The First Fifty Years*. New York: Doubleday and Co., 1981.

Clarke, Mary. *The Sadler's Wells Ballet: A History and an Appreciation*. New York: Da Capo, 1977.

De Valois, Ninette, *Invitation to the Ballet*. London: John Lane, 1937.

---, *Step by Step: The Formation of an Establishment*. London: W. H. Allen, 1977.

Donaldson, Frances. *The Royal Opera House in the Twentieth Century*. London: Weidenfeld and Nicolson, 1988.

Fonteyn, Margot. *Autobiography*. London: W. H. Allen, 1975.

Garafola, Lynn. *Diaghilev's Ballets Russes*. Oxford: Oxford UP, 1989.

Genné, Beth. "Creating a Canon, Creating the 'Classics' in Twentieth-Century British Ballet," *Dance Research: The Journal of the Society for Dance Research 8:2*, 2000.

Glasstone,Victor. *Victorian and Edwardian Theatres: An Architectural and Social Survey*. London: Thames and Hudson, 1975.

Grigoriev, S. L. *The Diaghilev Ballet 1909-1929*. Alton: Dance Books, 2009.

Guest, Ivor. *The Romantic Ballet in Paris*. London: Sir Isaac Pitman and Sons Ltd., 1966.

---, *The Romantic Ballet in England: Its development, fulfillment and decline*. London: Phoenix House, 1954.

Haskell, Arnold L. *Balletomania: The Story of an Obsession*. London: Gollancz, 1934.

Macdonald, Nesta. *Diaghilev Observed by Critics in England and the United States 1911-1929*. New York: Dance Horizons, 1975.

Woolf, Leonard. *Beginning Again: An Autobiography of the Years 1911 to 1918*. New York: Harcourt Brace Jovanovich, 1963.

イーゴリ・ストラヴィンスキー、笠羽映子訳『私の人生の年代記　ストラヴィンスキー自伝』未來社、二〇一三年.
ヴァージニア・ウルフ、宮田恭子訳『ロジャー・フライ伝』みすず書房、一九九七年.
クウェンティン・ベル、出淵敬子訳『ブルームズベリー・グループ』みすず書房、一九七二年.
シェング・スヘイエン、鈴木晶訳『ディアギレフ　芸術に捧げた生涯』みすず書房、二〇一二年.
ジル・ドスタレール、鍋島直樹、小峯敦訳『ケインズの闘い―哲学・政治・経済学・芸術』藤原書店、二〇〇八年.
鈴木晶『踊る世紀』新書館、一九九四年.
―『バレエ誕生』新書館、二〇〇八年.
鈴木晶編『バレエとダンスの歴史―欧米劇場舞踊史』平凡社、二〇一二年.
マリウス・プティパ、石井洋二郎訳『マリウス・プティパ自伝』新書館、一九九三年.
マリ＝フランソワーズ・クリストゥ、佐藤俊子訳『バレエの歴史』白水社、一九七〇年.
ミロ・ケインズ編、佐伯彰一、早坂忠訳『ケインズ　人・学問・活動』東洋経済新報社、一九七八年.
モードリス・エクスタインズ、金利光訳『春の祭典　第一次世界大戦とモダン・エイジの誕生』ＴＢＳブリタニカ、一九九一年.
リチャード・バックル、鈴木晶訳『ディアギレフ　ロシア・バレエ団とその時代』リブロポート、一九八三–四年.

コラム6

サヴォイ劇場

「サヴォイ」と言えば名門ホテルが浮かぶが、先に存在していたのは劇場である。興行主 R. ドイリー・カートは、サヴォイ劇場開場の1881年から W. S. ギルバートとアーサー・サリヴァンの喜歌劇を上演した。ギルバートとサリヴァン共作の「サヴォイ・オペラ」が大ヒットしたおかげで、優雅なホテルが増設されたのである。レストランのオーケストラを、ヨハン・シュトラウスが指揮したというから贅沢の極みだ。

映画『炎のランナー』で、エイブラハムが、サヴォイ・オペラの代表作『ミカド』のヒロインに一目惚れする場面は印象的である。ユダヤ人であるエイブラハム自身も、サヴォイ・オペラ同好会の一員で、英国代表としてフランスに向かう船内でサヴォイ・オペラを熱唱する。グランド・オペラでなく、フランスのオペレッタにも属さない英国産のサヴォイ・オペラは、英国の象徴といえる。

サヴォイ・オペラの魅力は、サリヴァンの本格的な旋律に、ギルバートのナンセンスな台本が組み合わさることへの可笑しみにある。マイク・リー監督映画 *Topsy Turvy*（あべこべ）の題が、サヴォイ・オペラの世界を端的に表している。だが、グランド・オペラを手がけたいサリヴァンには、絶えず不満がくすぶっていた。この映画では、2人がパートナー解消の危機に見舞われながらも、『ミカド』を生み出す過程が綿密に描かれている。

サヴォイは、世界に先駆けて電気照明を導入したスタイリッシュな劇場で、アール・デコの内装が昔の面影を忍ばせるが、現在、サヴォイ・オペラは上演されていない。サヴォイ・オペラはミュージカルの生みの親とも言われるが、サヴォイ劇場がアメリカで発展したミュージカル上演の場になっているのは、少々残念である。渡英した際は、ビートルズのそっくりさんがライブを再現する *Let It Be* の上演中で、チャーミングな老夫婦が思わず客席でツイストしてみせるような微笑ましい光景もみられた。（蒔田）

ライトアップされたサヴォイ・ホテルと劇場のエントランス（2013年11月撮影）

7章

オールド・ヴィック劇場

―女性支配人が育てたコミュニティと芸術舞台―

西尾　洋子

オールド・ヴィック劇場（2012年 9 月撮影）

1　オールド・ヴィック劇場

ウエストエンドからテムズ川を隔てた南岸に、シェイクスピア上演のユニークな歴史を背負った劇場が建っている。オールド・ヴィック――十九世紀の君主ヴィクトリア女王にちなんだ愛称で知られる劇場だ。同じく南岸に位置するシェイクスピアのグローブ座は、エリザベス女王の庇護のもと英国演劇が隆盛を誇った時代を経て一度消失し、二十世紀末に復元され、現在は一大観光名所として世界中から数多の客を呼び寄せている。グローブ座界隈が昼間から賑わいを見せているのとは対照的に、マチネのない日中にウォータールー駅からヴィックを訪れると、ひっそりと佇む四角いシアターが目に入る。正面から白いファサードを見上げれば、頂に国章であるライオンとユニコーンが対峙している。開館以来二百年、幾度か名称を変え、時代の波に翻弄されながらも今日まで存続してきた由緒ある劇場で、二〇〇四年からはアメリカ人オスカー俳優ケヴィン・スペイシーが芸術監督を務め(1)、大西洋を越えた英米の協働プロジェクトを掲げ、古典、現代劇のストレートプレイを中心に、時にはミュージカルも上演している。

オールド・ヴィックは一八四三年の劇場法改正以前に、勅許のない、いわゆるマイナー・シアターとして誕生した。その後も浮き沈みの激しい演劇界で、消えていく劇場も多い中、幾多の経済的危機や戦禍も乗り越え今なおその姿をとどめるオールド・ヴィックは、後世に続くきわめて独自性をもつ舞台芸術の基礎を生み出した。ウエストエンドと隔てられた南岸に位置するこの地域は、客層も北側とは異なり、主に貧しい労働者たちの集う場所であった。ヴィックは場末の見世物小屋から一転、シェイクスピア劇の殿堂となり、ナショナル・シアター・カンパニーの本拠地としていわば「国立劇場」の役割を担うまでの変貌を遂げる。これまでに、その経緯を明らかにする文献は、例えばジョージ・ロウエルやピーター・ロバーツの劇場史など幾つか刊行されており、それらが国立劇場との関連を考察するうえで示唆に富むことは言うまでもない。しかし国立劇場への道筋の前段階として、二人の女性の存在があり、彼女らがどのような役割を担ったかについては、さらに再考の余地があるのではないだろうか。オールド・ヴィックの発展の舞台裏には、革新的な劇場経営を行った二人の女性支配人、エマ・コンス（一八三八‐一九一二）とリリアン・ベイリス（一八七四‐一九三七）がいた。タイロン・ガースリーはベイリスを「英国はもとより世界で最も重要な劇場支配人」と称した。世紀の転換期、叔母と姪二代にわたる女性マネージャーが、ヴィックを舞台に英国の演劇史上で果たした役割とは何か。演劇にはむしろ素人であった彼女らが、小劇場《マイナーシアター》をいかにして様々な階層をとりこむ国民的な劇場へと転換し、記録的な成功を収めるに至ったのか。それを探る中で、激動する当時のロンドン社会を生きた庶民と文化芸術との関わりが見えてくるのではないだろうか。

2　ミュージック・ホールを社会改良の舞台に──エマ・コンスの刷新

オールド・ヴィックの歴史は一八一八年、テムズ川の南岸、現在のウォータールー駅からほど近い場所にロイヤル・コバーグ劇場としてその幕を開ける。新しい橋が開通してほぼ一年後、テムズ川北の地域からの客の流れを期待して建てられた。当時この辺りは、ランベスの沼地と呼ばれた荒っぽい土地柄で、演目も小劇場らしいメロドラマといった地元の観客層に応えるものが主だった。一八三一年に伝説的名優エドマンド・キーンを招いてシェイクスピア劇の名場面を六夜にわたり上演したこともあったが、キーンによれば「これほど無知で粗暴な観客の前で演じたのは初めて」だったという。(2)

一八三三年に改装が行われ、ヴィクトリア王女（後の女王）の訪問を記念してロイヤル・ヴィクトリア劇場と改称、以来今日に至るまで〈ヴィック〉という愛称を持つようになる。だが格調高い名とは裏腹に、周辺の土地柄のせいもあり、オープン当初期待されていたテムズ川北からの客の入りは予想をはるかに下回り、客席は主に地元の粗野な労働者が占めていた。当然、客層に合わせて入場価格も下がり、(3)一八四〇年ごろまでには演目もどんどん低級化し、「ロンドン中で最低」と評されるまでになってしまった。(4)

ヴィックはその後一八七一年に競売に出され、ニュー・ヴィクトリア・パレスと改称、ミュージック・ホールになった。華やかな名称に反し、演目の不振と客層の低下により劇場は傾く一方で、一八八〇年ついに一時閉鎖。だが幸いその年の暮れ、社会改良運動家として名をはせたエマ・コンスによって新たな命を吹き込まれる。

当時すっかり場末の芝居小屋と化していたホールをエマが買い取った背景には、何があったのだろう。直接の動機は、演劇的関心というより、労働者階級の生活向上を狙ったものだった。(5)週末毎にミュージック・ホールで酔っぱらった観客が、妻を殴るといった乱行に及ぶ状況をみかねてエマは、娯楽施設の刷新を構想したと伝えられる。ミュージック・ホールといえばアルコール抜きには考えられなかった当時の常識を覆し、酒もギャンブルも排除した、健全で家庭的な施設として「ロイヤル・ヴィクトリア・ホール・コーヒー・タバーン」と名称を変え、エマはホールの再出発をはかる。後に彼女の後継者リリアン・ベイリスが、名優ローレンス・オリヴィエに語った言葉が興味深い。「もし酔っぱらって妻を殴った連中がいなければ、私たちがこの建物を買い取ることはなかったし、あんたがハムレットを演じることもなかったのよ」（フィンドレイター 四七）。さらに言えば、この劇場がナショナル・シアター・カンパニーの本拠地になることも当然あり得なかったわけである。

劇場刷新におけるモラル面での成功は明らかだった。観客のマナーは徐々に改善され、ホールの社会的な認知度は上がり、地域の治安も格段に向上していった。地元の聖職者や慈善団体からも功績を認められ、資産家の友人たちからの寄付も含め、エマはさまざまな支援を受けていた。彼女は、女性として初のロンドン州議会（ＬＣＣ）の参事会員に名を連ねたこともあり「ヴィクトリア朝の女性社会活動家の中で、最も聖人的かつ長期的展望のあった人」（一二二）と評されている。エマはオールド・ヴィックの新しい幕開けに寄与したのみならず、社会から深く敬愛され模範とされる女性でもあった。彼女の志向はどのように形成されたのか。ここで少々生い立ちを振り返ってみよう。

比較的裕福な音楽家の家庭に生まれたものの、父の病のためエマは十四歳で働き始める。ナショナル・トラストの創始者の一人で社会改良運動家として知られるオクタヴィア・ヒルと同年代で、早くから交流があったことも、彼女に少なからぬ影響を与えたに違いない。女性の自立を促す「女性協同組合」で働き始めたエマは、美術評論家であり社会改革家であるジョン・ラスキンらと出会い、装飾美術家として活動、同時に労働者の厳しい生活状況を知るにつけ、社会改良への問題意識を深めていったとみえる。姪のリリアンによると、エマの精力的な活動の背後にあった原動力は「美への強い情熱」だったという。エマ自身こんな言葉を残している。「知的、芸術的娯楽がなければ、そして美と調和と秩序を理解し愛する力を使わなければ、彼らは住まいを新しく改良されても、たちまち元の巣窟状態に戻してしまうでしょう」（四〇）。このように、芸術と社会改良の二つの路線が自ずとエマの中で結びついていったのである。

労働者のために席料を安く抑えていたヴィックは、集客数があったとしても財政的にはほとんど常に厳しかった。ホール内でのコーヒーや紅茶などの売上も、アルコールに比べ利益は薄く、経営難のため一時閉鎖に追い込まれたこともある。だが一八八一年十月に再開した折、一つの転機を迎える。ウィリアム・ポール（一八五二 - 一九三四）を新たなマネージャーに迎えたのだ。彼はシェイクスピア上演の革新者として演劇史に名を残す演出家で、その指揮のもと一八八二年六月一日グランド・シェイクスピア・ナイトが催された。演目は『マクベス』『オセロ』『ハムレット』などから抜粋した合唱曲で構成されており、出演者のうち少なくとも三人は正規劇場の舞台でも知られた存在だった（ロウエル 六五）。それまでの正規劇を上演しないヴィックの方針からの離脱は驚きに値した。また、バラッドのリサイタルがオペラティックなレパートリーに傾倒し始めたのも、同じくポールに起因する。例えば一八八二年、イタリア・オペラのシーンが英語で歌われたり、翌年にはグランド・オペラティック・コンサートが催されたりした。彼のいた二年間にヴィックは「演目の質を向上させた」と評価する声もあったが、一八八三年十二月、フランク・ベンソンのシェイクスピア劇公演ステージ・マネージャーを務めるためポールはヴィックを退く。

一八八四年にはエマは事実上、ヴィックのマネージャーを無給で務めていた。正規の劇場ライセンスを取得すれば演目も広がるが、条件を満たすためには建物内の禁煙化や安全性を高める改修工事の必要があり、ただでさえ金銭面での苦労が絶えなかったホール経営には大きすぎる負担であった。エマが目指していたのは特に「劇場」というわけではなかったので、ミュージック・ライセンスのままプログラムを組んだ。「演劇」的な演目としては、シェイクスピア作品の名場面をバラッド・コンサートと組み合わせ、朗読等の形で提示することもあった。一方、音楽面ではもう少し冒険的な試みがなされ、一八八九年以降オペラ・コンサートが催されたが、パフォーマンスというよりリサイタルの趣であったと言える。オペラといえば高尚な芸術であり、原語上演が常識であったが、エマは異なる方法でランベス地区の庶民に提供した。原語ではなく理解しやすい英語で、チケット代は高額ではなく格安に設定したのだ。一つのコンサートに約二十曲の抜粋をタブローと組み合わせて提供するといった具合で、一八九一～九二年のシーズンには、九作のオペラからのセレクションを十五回公演。『イルトロヴァトーレ』『ファウスト』といった外国ものに加え、英国オペラ『マリタナ』『ボヘミアの少女』などが並ぶ。出演者の多くはアマチュアで、少数の著名なプロ歌手が無料奉仕もしくは格安で出演していた。中でも有名なのがアントニエッタ・スターリングというアメリカ人クエーカー教徒だった。「自分の比類なき声を神から授かったのは、罪人の改心を促すため」（フィンドレイター 六〇）との彼女の信念はヴィックにうまく適合し、スターリング家は半世紀にわたり関わることになる。

こうして社会改良事業を基にホールの役割を刷新したエマにより、発展の基礎が築かれた。そして世紀末、いよいよヴィック史上大きな転換期を画する姪のリリアン・ベイリスを迎えることになる。

3　記録的なシェイクスピア・シーズン――リリアン・ベイリスの革新

一九二三年八月十八日付の英国紙『タイムズ』に、次のような見出しの記事が掲載された。「オールド・ヴィック劇場　注目すべき舞台史」。リードは次のように続く。

ウォータールー橋の南側で民衆劇場（ピープルズ・シアター）オールド・ヴィックが来月より秋公演を開始。今シーズンあと二作でシェイクスピア全作品の上演を達成。かつていかなる劇場経営者も成し遂げたことのない快挙――。

この「快挙」と称えられたシリーズは、当時から遡ること約十年前、一九一四年九月、劇場経営者のリリアン・ベイリスによって開始された。時は折しも第一次世界大戦の始まる動乱期。そのような時期に前人未到の連続公演を企画し、障害を乗り越え着々と上演を重ねていったのである。

オールド・ヴィックの経営者としてエマ・コンスが関わった年月は三十二年。それに対しリリアン・ベイリスは二十五年と比較的短いが、実のところ二十世紀にこの劇場を有名にした功績は、主にベイリスの働きに帰せられる。教育面では叔母よりも恵まれていたとは言えず、文化的教養や実務経験でも劣るはずの彼女だが、興味深いことにそのことが却って強みでもあった。つまり、劇場経営の因習から自由であったぶん、他の劇場がやらないような革新的な手法を試みる大胆さが、その成功の鍵となったのである。では、具体的に何が功を奏したのだろう。

ベイリスの行った劇場運営策のうち、第一に挙げるべきは「シェイクスピア・シーズン」と呼ばれる企画であろう。世紀初頭まだオールド・ヴィックは芸術的に世に認められた劇場というよりも、安価で庶民に音楽的娯楽を提供する福祉施設といった趣で、慈善団体の基金の助成に頼る部分が多く、劇場内部の設備も到底十分なものとは言えない代物だった。音楽一家に生まれたベイリスは音楽的素養はあるものの、特にシェイクスピア戯曲に詳しいわけでもなく、演劇方面ではむしろ素人といってよかった。そんな彼女がなぜ演劇史に残る舞台記録を打ち立て、シェイクスピアの殿堂を創り出すことができたのか。

一九一二年がヴィック史上、一大転機となる。六月二十四日七十四歳のエマ・コンスが逝く。ヴィックは姪リリアンに託された。叔母の不在は大きな喪失に違いなかったが、同時に一種の解放でもあったようだ。彼女は数か月のうちに新機軸を打ち出す。まず十二月にシアター・ライセンスを取得。これで完全な長さのオペラや演劇が上演できる状態になった。この時点では宮内長官もロンドン州議会も、まさか彼女がオールド・ヴィックを本格的な劇場兼オペラ・ハウスに変えていくことになるとは思わなかったろう。実はベイリス自身、周到なヴィジョンがあったわけではない。とにかく財政的な理由から早急に打開策をとる必要に迫られていたのだった。

シェイクスピア公演の企画は、一九一二年二月。ジョージ・オウエンとブリッジズ・アダムズの提案に端を発する。そのプロジェクトは成功しなかったが、一九一四年初頭までにベイリスは、ロジーナ・フィリッピ（一八六六‐一九三〇）による最初のシェイクスピア公演に同意していた。フィリッピは女優兼演出家で、ロマン・ロランの提唱した「民衆演劇運動」の流れをくむ活動家の一人だった。彼女が共鳴したイタリア、ミラノの慈善運動組織は、「レパートリー公演により犯罪を減らし、民衆の知性を向上させ、初等教育と有権者の責任ある義務との間の橋渡しをする」という理念を掲げていた。フィリッピはこれに倣い「最高の作家の最高の作品」を廉価で提供することで、同じ目的を追求しようとしたのである。当時「民衆演劇運動」は勢いを増しており、ジョージ・アレキサンダーとハーバート・ビアボウム＝トリーといった有力なアクター・マネージャーがその理念とフィリッピの活動を積極的に支持した。トリーは「我々の『民衆演劇協会』はより広い地域へと拡張されるべきだ。地方自治体の運営する公設の劇場を建て、さらには国立シェイクスピア劇場を確立するのだ」という構想を語った（フィンドレイター 一〇五）。ヴィックにおける観客反応をフィリッピは次のように表現している。「観客は素晴らしかった。役者との間に無線通信のようなコミュニケーションが感じられた。それはウエストエンドでは決して体験できなかったもの」（一〇五）。劇場は設備面での難点が多かったが、伝統的な馬蹄型からは温かく親密な空気が醸し出され、観客とステージの交流が力強い感度で可能だったという。伝説的な女優エレン・テリーも、出演回数は少ないながらもヴィックでの公演に手ごたえを感じ、好ましく思っていた様子である。フィリッピはベイリスと、互いに資質を認め合いながらも衝突が多く、やがてヴィックを去り、後任にはシェイクスピア・スチュアートが就くが、興行的には成功とは言えなかった。

ブレイク・スルーが訪れたのは、第一次大戦期であった。一九一四年八月の大戦勃発でイギリスの劇場をめぐる状況はカオス状態に陥った。数々のツアーはキャンセル、劇場は閉鎖、俳優達は出る幕を失った。ところが演劇界の混乱がヴィックにはむしろ好機となる。同年九月九日『時代』誌に小さな広告が載った―「求む、経験のあるシェイクスピア役者。ロイヤル・ヴィクトリア・ホールにて特別公演」―。そこで有能な人材が引き寄せられ、マシソン・ラング（一八七九‐一九四八）とハティン・ブリットン（一八七六‐一九六五）夫妻の協力を得て三つのオープニング公演『じゃじゃ馬ならし』『ハムレット』『ヴェニスの商人』が実現した。一般にシェイクスピア劇といえば、多数の役者と凝った舞台セットが必要とされていたが、ラング夫妻は低コストの舞台で奇跡的な成功を収めた。

ラング夫妻の後にオールド・ヴィックの演出家を担うことになったベン・グリート（一八五七‐一九三六）は、ヴィックにおけるシェイクスピア公演によって戦時下の人々の支えとなることを自らの使命と心得、初期は無給で働いた。英国に加えアメリカでの上演経験も豊富で、野外劇の実践で慣らしていた彼にとって、ヴィックの粗末な舞台セットや衣装は特に問題とならなかったようだ。エリザベス朝の方式に近い裸舞台での上演は、派手な視覚効果よりも言葉の力を重んじる演出法であり、エマ・コンスの時代にも活躍したポールの実践と通底していた。華美なセットより簡素な舞台づくりを好んだグリートの手法は、経営面でもベイリスに好都合だったといえる。

後年ベイリスは、インタビューの中で次のように回想している。「まともな背景セットなんか無かった。台詞に頼るしかなかったの。他にないんだから」（シェイファー　一二九）。幸いにもこの状況は、ベイリスの起用した芸術監督の意図する演出法に合致した。二十世紀初頭このスタイルが広まったのは、主にウィリアム・ポールの功績によるものだ。彼は一八八三年ヴィックを離れて以来、次のような持論を展開、実践している。「エリザベス朝、ジェイムズ朝演劇のためにシェイクスピアは芝居を

リリアン・ベイリス
所蔵 Lilian Baylis archive at the University Bristol Theatre Collection

書いたのだから、当時と同じような舞台設定で行うのが最善の方法だ」。それは客席が三方向から取り囲む張り出し舞台で、セットは少なくほとんど裸舞台。衣装はエリザベス朝風で、台詞の多くは観客に向かって発せられるというものだった。ポールは十九世紀末に流行ったスタイルをよしとしていなかった。具体的には役者と聴衆を隔てる額縁舞台、高価な凝った舞台背景、時間のかかる場面転換（時には十五分もかかった）、人気役者を見せるための原作の大幅なカットなど。ポールは自分の理念を実践するため、主にアマチュアの役者を使った。結果は必ずしも芳しくなかったが、この手法はグランヴィル・バーカーに影響を与え、革新的なシリーズ公演に用いられ、成功を収めた。それはちょうどベイリスがシェイクスピアに目を向けた時期に符合する。

一九一四年十月に始まった最初のシーズンは、一九一五年四月末まで続いた。オペラとシェイクスピアの組み合わせによる演目は、目を見張るような夥しさであり、三十週にも満たない期間に十六のオペラと十六の芝居が上演された。作品数だけみると、二つの劇場が多額の費用を投入し三シーズン以上かけて行うくらいの数であった。シーズンの終わりには、ベイリスとグリートは野心的な企画「シェイクスピア誕生記念祭」を行った。一週間のフェスティバルに三つの劇『ハムレット』『じゃじゃ馬ならし』『マクベス』を上演し、誕生日には大物俳優による特別マチネが催された。オペラに比べ劇の集客数は芳しくなかったが、たとえ客の入りが少なくともベイリスは上演にこだわった。「半ダースのシェイクスピア学者が来てくれるよりも、シェイクスピアを聞いたこともない一人の無学な若者が来てくれることの方が嬉しいのです」（フィンドレイター　一二六）という言葉には、ギャラリー席の客層にこそ良質の芸術を届けたい、という彼女の信条が集約されている。そんなわけで席料は安く抑えられ、たとえ客席に五人しかいなくても幕は上がった。

他になす術がなく踏み出したシェイクスピア公演だったが、やると決めたらとことんやるのがベイリスの流儀だった。第一次大戦中、外の混乱状態にもかかわらずヴィックは興行を続けた。爆撃の知らせが入ると、ベイリスはこうスピーチしたと伝えられる。「お客様、ドイツ皇帝にヴィックの邪魔はさせませんよ。この美しい劇を続けましょう。もし上の階のお客様で安全のため下に降りたい方がいらっしゃれば、一階ストール席へどうぞ。追加料金は頂きませんから。脱出したい方は直ちにお帰りください。我々は劇を続けます」（一三三）。

劇中の台詞が現実の状況と呼応して、絶妙な効果を生んだ例もある。英国史劇『ジョン王』の上演中、劇場の外では実際に爆撃が起こり、舞台上ではファルコンブリッジ役が折しも次のような劇的な台詞を述べた。「わがイングランド王国はこれまでも、これからも、奢れる征服者の足元に屈することは決してない」（第五幕第七場）。ベイリスはこの言葉を気に入り、大戦終結までプロセニアム舞台の上に掲げていたという（一三四）。

戦時下のロンドンでは他の劇場は軒並み閉鎖か、興行中だとしても現実逃避の軽い演目が専らという状況だった。商業的な利潤を追求する世の経営者たちは、大衆が好むのは軽い娯楽と見ており、深刻なドラマはいかなる類も舞台から消えていた。その読みは大筋では正解だったが、一方でシェイクスピアのような重厚な芝居を求める少数派の飢餓感は増していた。背景には、より深い現実逃避と道徳的感化を希求する人々の志向が働いていたのかもしれない。この時期ロンドンでシェイクスピア劇を観ようとすれば、ヴィックに向かう以外に方法はなかった。しかもシェイクスピアのグローブ座が元々建っていた場所から数百ヤードしか離れていない立地というのも因縁めいていた。兵士たちは優遇され、半額で入場できた。戦地の傷を抱えて帰還した兵士の精神的回復にはシェイクスピアが効果的だ、と考えたベイリスの采配である。負傷兵や同盟国からの避難民らは無料で入れた。戦地から戻ってきた役者の中には、精神的トラウマで一言も台詞が発せられない、あるいは舞台に上がることさえできない者もいたが、『マクベス』の稽古を通して徐々に歩けるようになり、ついには役者として舞台に復帰したケースもあったという。

シェイクスピア・シーズンは、ベン・グリートの後もロバート・アトキンズら敏腕監督の協力を得て、一九二三年十一月の『トロイラスとクレシダ』まで十年近くも続き、公認されたシェイクスピア全作品上演の記録を樹立する。興行的に成功を見込めない不人気な作品も含むリスクを負ってのシリーズ公演は、果敢な挑戦であった。最後の作品が上演されたのは、ちょうど作家の戯曲を収めた初の全集『第一・二つ折り本《ファースト・フォリオ》（F1）』（一六二三）出版三百年記念の前夜にあたった。こうしてヴィックは二十世紀のシェイクスピア上演に新たな地平を開き、同時期の英国内のシェイクスピア公演数を著しく増加させた。一九二九年にはジョン・ギールグッドを中心として「オールド・ヴィック・カンパニー」が結成され、後世に語り継がれる名優たちが、続々とこの劇場の舞台を踏むことになる。ローレンス・オリヴィエはじめ、エディス・エヴァンス、ラルフ・リチャードソン、マイケル・レッドグレイヴ、ヴィヴィアン・リーといった時代を象徴する俳優陣が登場し、ヴィックの地位は著しく高まっていく。英国の劇団代表として海外の王室から招聘され公演を行うこともあった。こうして名実ともに「シェイクスピアのオールド・ヴィック」は世界的な定評を確立し、世紀後半には「ナショナル・シアター・カンパニー」の本拠地としてさらなる発展を遂げ、ついには「国立劇場」の先駆的地位を獲得するまでに至ったのである。

4　教育機関としての劇場─ヴィックが育んだもの

上演と並び、ヴィックの果たした社会的な貢献は多岐にわたる。本節では教育機関としての劇場機能を観客および俳優の二つの側面から検討しよう。その一つとして劇場内に設けられた教育施設、モーリー・カレッジが挙げられる。これは労働者階級の男性のみならず女性のためにも開かれた、いわば生涯学習施設のような機関であり、日々の労働とは直接関係のない科学的テーマの講義が行われた。事の起こりは一八八二年、エマが科学誌『ネイチャー』のコラムを通じて、科学者らにヴィックでの講演を呼びかけたことに始まる。反響は科学者側も聴衆側も共に上々で、翌年には火曜夜のレクチャーが定着する。そのうち生徒から「フルタイムの夜学機関を設けてはどうか」と声が上がり、それを受けて一八八四年劇場内すべてのオフィス、化粧室、楽屋、作業場がモーリー・メモリアル・カレッジに利用されることになった。ミュージック・ホールとして開場後三年、ヴィックはエンターテイメントから教育の場へと広がりをみせる。カレッジの名は繊維業で富を築いたブリストルの議員サミュエル・モーリー（一八〇九‐八六）にちなむものだった。氏は宗教心あつく、禁酒運動にも熱心な慈善家で、その莫大な援助がエマ・コンスとヴィックを支えることになる。元来、世俗的娯楽に対しては懐疑的だった彼が支援に乗り出した背景には、ヴィックが周辺地域に及ぼすモラル向上効果があった。委員会の活動を通して舞台を見る機会を得たモーリーは、公演を思いのほか楽しみ、エマに多額の資金援助を約束する。ただしそれには、運営ポリシーを彼の理念に合わせるという条件が伴った。元来、禁酒政策に熱心だったエマも氏の理念を快く受け入れ、こうしてヴィックはレクチャーと禁酒会合の両方を発展させていった。

ヴィックがカレッジを開く以前から、他にもこうした成人のための夜間教育機関は存在していた。一つはライシアム劇場のワーキング・メンズ・カレッジ、もう一つはリージェント・ストリートのポリテクニークである。これら既存の機関とモーリー・カレッジとの決定的な違いが二つあった。第一に、モーリー・カレッジ設立当初の数年間、レクチャー施設は完全に劇場内に寄生する形で運営されたことである。舞台裏、ステージの下および周辺が学びと活動の場で、時には数百人という生徒たちが劇場内のカレッジで学んでいた。生徒はヴィックで催される土曜の夜のヴァラエティを除くすべての演目に正規料金の半額で入ることもできた。これを機に科学に加え音楽を中心とする舞台芸術へ親しみを深めていった若者が、少なくなかったことであろう。第二の違いは、女性を男性と同等に受け入れたことである。校長も初代と二代目はいずれも女性、カレッジ・カウンシルのメンバーのうち少なくとも三人は女性であった。二代目校長に就いたキャロラインは亡くなるまで無給で職務を全うしたうえ、個人的援助も頻繁に行っていた。やはり女性にも等しく門戸を開いた教育機関では、女性スタッフによる尽力が大きかったことが窺える。そして男女を問わず、ここで学んだ労働者階級の人々が、ヴィックの舞台芸術を鑑賞する新たな観客層としても育っていく。社会の底辺部で生きる人々に健全な娯楽と教育機会を提供したいというエマの思いが、さまざまな形で結実していったのだ。

観客の創出という点では、リリアン・ベイリスの時代、前述のベン・グリートの功績は多大であった。特筆すべきはスクール・マチネの導入である。LCCを後ろ盾に行われたこのプロジェクトは、広範囲にわたる学校から子どもたちをヴィックに集め、昼間シェイクスピア劇を見せるというものであった。参加校が四百に及んだ年もある。一九一五年の記録によれば、一週間で四千人の子どもたちがヴィックで『お気に召すまま』を観たという。席料は割引とはいえ、この時期、劇場経営を支える十分な収入となった。スクール・マチネは一九二一年まで続き、その間に多くの子どもたちを劇場に呼び寄せ、ヴィックの知名度は大きく上昇した。さらに子どもを契機として地域に住む家族も劇場に関心を持ち、実際に観劇に訪れる機会が広がった。ヴィックのスクール・マチネによって、初めてシェイクスピア劇に触れた子どもも多く、英国における観客層を、年齢的、地域的、社会的にも広げる画期的なプロジェクトであったと言えよう。

集客面に関して言えば、広報の革新にも注目すべき施策が見受けられる。一九一九年に始まった劇場発行の『オールド・ヴィック・マガジン』は、劇場と観客をつなぐ独自のコミュニティ感覚を生み出す役割を果たした。「劇場とオペラ・ハウスは、常に最貧民にも手の届くものであるべきだ」と説く誌面では、上演予定の演目がいち早く紹介された。ベイリスは宣伝のため批評家にチケットを無料配布するという一般的なやり方を好まず、新聞を通しての広告よりも、劇場発行のリーフレットで周知する方法を採った。「舞台を酷評されるリスクを冒してまで、批評家にタダで観劇させる道理はない」というのが彼女の言い分だった。したがって、批評家たちも舞台チケットを自分で買わねばならなかった。それにそもそも、ヴィックが主に観客層と狙うランベス地区の住民は『タイムズ』の類の新聞を読まない、というのも宣伝に日刊紙を利用したがらなかった理由の一つだったようだ。

『マガジン』には公演予告の他に、劇団員によるエッセイも載った。内容は、新しい役柄への抱負、過去の劇場体験、時には休暇中の冒険談まで多岐にわたった。新規レパートリーに関しては、脚本や作家、作曲家についての紹介、解説文が掲載された。また、ヴィックの劇場史やベイリス家のバックグラウンドに加え、劇団寄付への感謝、お願い等もしばしば含まれた。つまり『マガジン』は観劇ガイドであると同時に、ヴィックをより身近に感じさせ、読者に一種の身内意識を抱かせる役割も果たしていたといえる。この冊子を多くの人々が楽しみ、支援者の輪が広がり、コミュニティ精神が培われていった。それは他の劇場に類を見ない、ヴィック特有の現象といってよかった。ヴィックを語る際、「家族的」「親密な」劇場空間と形容されることが多い一因は、こんなところにもあったとみえる。

ベイリスは、新しいテクノロジーも積極的に活用した。映画上映を試みたのもその一つだが、一九二〇年代は特にそれが顕著で、一九二六年、車を手に入れ運転を習得。前年には初めて飛行機に乗っている。ラジオやテレビの可能性にもいち早く注目し一九二三年にはＢＢＣとラジオドラマをめぐって交渉、ヴィックの舞台放送に加え、自らもラジオ出演した。そのスピーチの一つでこう語っている。

劇場は着飾るための場所ではないし、良質の演劇はオックスフォードやケンブリッジで学ぼうとする人たちだけのものではありません。それは働く男女にこそ差し迫って必要とされるものなのです。職場や家庭の壁を越えて、驚きと畏怖の世界に触れることが必要な人々に。すべての芸術は貧富の垣根を越えます。そこには階級差がありません。芸術は国と国とをつなぎます。〔…〕劇場はおそらく市井の人々にとって最も重要で近づきやすく理解しやすい芸術なのです（シェイファー　一七四）。

このように自らの理念を広くアピールするうえで、当時ラジオは格好のメディアだったに違いない。俳優の養成といった点でも、ヴィックの果たした役割は大きい。シェイクスピア・シリーズ初期に芸術監督を務めたベン・グリートはベッドフォード通りで演劇学校を運営しており、そこで育てた俳優をヴィックに送り込んだ。中でも筆頭に挙げられるのが女優シビル・ソーンダイク（一八八二－一九七六）であろう。三十二歳でヴィックに初登場した彼女は、戦時下の劇場で立役者となる。出征した若い男優に代わり、シビルは数々の男性役も務めた。歴史劇の英雄ヘンリー五世、悲劇の王子ハムレット、喜劇『ヴェニスの商人』の下男ランスロット・ゴボーまで幅広い役柄を演じ、好評を博す。シェイクスピアの生きたエリザベス朝には女優が存在せず、すべて男性俳優が演じていたが、ここではまさにその裏返しが行われていたことになる。シビルはまんざらでもなかったようだ。というのも、シェイクスピア劇においては、圧倒的に男性が中心で、女性は特に悲劇においては従属的な役柄が多い。したがってこの時期は、主要な男性役を女優が演じられる稀有な機会でもあった。

オールド・ヴィック劇場のシェイクスピア・シーズンは、シェイクスピア上演史上、いくつかの点

ヴィックのボックスオフィス

において重要な意味をもっている。まずは、十九世紀末から始まった原作上演の流れを受け、シェイクスピアが生きた時代以来初めて、『第一戯曲集（F1）』の全作上演を完結させた点が挙げられる。そして、アクター・マネージャーたちが十九世紀末までに実践してきたスター中心のスペクタクルを排し、ポール以来の裸舞台によるアンサンブル上演を行った点が、とりわけ重要と言えるだろう。このような演劇史的な意味をもつシーズンにおいて、ベイリスはどのように関わっていたのだろうか。

演出家とは異なり、劇場支配人という立場の彼女の振る舞いは独特であった。例えばシビルがマクベス夫人を演じる際に、ベイリスが掛けた言葉は演出家の言葉とは別種の示唆に富んでいる。「マクベス夫人は演じ易いでしょ。愛する夫の出世を望む妻の心境は、あなたが（夫）ルイスに抱く思いと重なるもの」。このように自己を投影して、マクベス夫人を現実世界に存在する等身大の人間のように扱う見方は、現代でこそ意外性はないが、当時としては比較的馴染みの薄いものだった、とベイリスの伝記を著したエリザベス・シェイファーは指摘する（一三七）。確かにシェイクスピアの登場人物を現実社会の人間像になぞらえて「読む」潮流は十九世紀の間に高まったものの、舞台上では二十世紀初頭の段階でもなお、メロドラマ風に誇張された極端な人物として演じることが、依然慣例であり、人物の内面に複雑な動機を見出だそうとするスタニスラフスキー的発想は、当時の英国では一般的とは言えなかった。そのため、シェイクスピアのキャラクター表象という問題は、ベイリスとグリートがしばしば対立する火種ともなった。英国演劇界で長年慣らしたグリートにとっては、上記のようなベイリスの捉え方は、「もの知らずのナンセンス」以外の何物でもなかったと見える。

シビルが見たベイリスは「とにかくエキセントリック。服装には無頓着。教育も教養も不十分なコックニーだった。「もし彼女やヴィックの観客達がちゃんと教育を施されるまで待っていたら、あるいは品位、品格が備わるまでシェイクスピア劇団の結成を先延ばししていたら、スタートできたかどうかさえ怪しかったでしょう」とシビルは語る（ロバーツ viii）。実際ベイリスは役者に対して容赦なく、シビルが三人目の子どもを出産した折も、数日後に寝室にやってきて『ハムレット』のリハーサルを始めるよう促したという。すべては劇場のためだった。シビルによれば「リリアンには物事を進めていく上で並外れたエネルギーがあった。それに、人々に対する愛情があった。心底、人間を愛していた。外見は聖人に程遠かったけれど、信仰心が篤く、神への畏敬の念も使命感も人一倍強かった」という。グランヴィル・バーカーもまたベイリスを「奇妙な女性だ。劇についてまともな知識があるとは思えないが、彼女は何か大層なものを持っている」と評した（シェイファー一五二）。つまりベイリスの偉業は、なり振り構わず大胆に挑戦し続けたからこそ成し得た業であったと言えよう。その功績は学術界でも認められ、一九二四年オックスフォード大学から名誉修士号を授与される。当時まだ女性としては二人目という栄誉ある称号だった。

ベイリス亡き後二十世紀半ばにも、シェイクスピア『第一戯曲集（Ｆ１）』に収められた全作品の五年間にわたる上演が計画された。目的は「シェイクスピアの家」としてのオールド・ヴィックの地位を維持すること、それに若い俳優たちにシェイクスピアの主役級や幅広い役柄を演じるチャンスを与えることであった。ギールグッド、オリヴィエ、リチャードソンも二十代のうちにハムレットを含む様々な大役をヴィックで演じた。このような機会は商業劇場では通常、知名度の高いベテラン俳優のみに与えられる特権であった。一方ヴィックは、若い頃に厚みのある古典劇を体験させることで、次世代の俳優を育てる役割を自ら任じていたのである。

また、ベテランの人気俳優たちにも、ヴィックは冒険的な機会を提供した。営利目的ではなかなか上演されることのない不人気な作品、例えば『コリオレーナス』『アテネのタイモン』などの役どころを演じる機会はウエストエンドでは望めなかったが、ヴィックでは可能だった。こうした舞台が俳優の力量を証明し、演技幅を広げるのに役立ったことは想像に難くない。

ヴィックが育てたのは俳優だけではない。一つの劇場でこれだけ広い作品群を見られるというのは、観客にとっても稀有な機会であった。学者や舞台通ばかりでなく、若い世代にも古典作品の魅力を届けたい、という意図で「エキサイティングな」舞台製作が行われたようである。それは英国における古典劇の受容を世代を超えて開拓し、広く観客を育てる試みに他ならなかった。

5　広がりゆく劇場—英国に自立的な舞台芸術の母体として

マイナーから出発した劇場が、独自のシェイクスピア・シーズンを行い、やがてはナショナル・シアター・カンパニーの本拠地となるまでに発展していく前段階には、舞台上で展開される以上に、劇団運営をめぐる様々なドラマがあった。芸術的志向のみならず、社会改良運動にかかわる強い理念と意志が、その繁栄を導いてきたことも確かだろう。また、ベイリスの芸術界での功績は、演劇面のみならず、バレエやオペラにおいても見るべきものが実に多い。ヴィックの経営を手伝う以前、家族とともに南アフリカで音楽活動を行っていた彼女は、ダンサーとしての経験もあり、バレリーナのニネット・ド・ヴァロワとの出会いを契機に、ヴィック内で俳優のためのバレエ教室を開き、養成、出演の機会を広げた。バレエといえば、本格的なダンサーとしてのキャリアを目指すにはヨーロッパ大陸に渡る必要があった当時、英国に根差したバレエ団を育成する前身組織としてヴィック・ウェルズ・バレエ団が結成されたことは画期的な出来事だった。これが後に英国ロイヤル・バレエ団に発展していく布石となるのである。

ヴィックではエマ・コンスの時代から、オペラをイタリア語などの原語ではなく庶民にわかりやすい英語で上演し、安価で提供していた。もともとオペラ的な演目は、ストレートプレイの導入以前からヴィックにおいて長らく上演され人気を博していたが、一九二〇年代、演劇とオペラ上演双方の高まりにより、一つの劇場では収まりきらなくなり、ベイリスは拡張路線に打って出る。そこでヴィックとは別に、第二の劇場サドラーズ・ウェルズを取得して一九三一年改装オープンし、やがて演劇はオールド・ヴィックに特化し、バレエとオペラはサドラーズ・ウェルズで、という住み分けが定着していく。ここで開幕したヴィック・サドラーズ・オペラは、イングリッシュ・ナショナル・オペラ（ENO）へと育っていく。上演をすべて英語で行うことにこだわったベイリスの理念が、英国に自立的なオペラ・カンパニーを生み出す原動力となったのである。このように、ストレートプレイにとどまらず英国的なバレエやオペラの発展に対しても、ヴィックは計り知れない功績を遺した。

オールド・ヴィックは第二次大戦中、空襲で建物が甚大な被害を受け、修復するまでやむを得ず閉鎖された時期もある。一九五〇年の再開後、オリヴィエらのナショナル・シアター・カンパニーとともに隆盛を極めるが、国立劇場が新しくサウスバンクに開館すると同時に劇団もそちらに移り、ヴィックはその輝かしい時代の幕をいったん閉じる。しかし、社会教育的レクチャーをそなえた新しい劇場の形を模索したコンスらの働きは、今日にまで受け継がれ、現在も公演と並び劇場付属の演劇研修所やモーリー・カレッジとして、多岐分野にわたり幅広い層に向けて教育機関の役割を果たしている。また、ヴィックを登竜門として多くの名優たちが巣立っていき、ウエストエンドへの進出を果たし、さらには国内のみならず、世界的にも名を轟かせるようになった。今世紀なお、映画界でも多彩な活躍をみせるアカデミー賞受賞女優のジュディ・デンチ、マギー・スミスなどはその一例である。

オールド・ヴィックを支えた革新的な劇場支配人、エマ・コンスとリリアン・ベイリス、二人に共通して言えるのは、その驚くべきバイタリティとパイオニア精神であった。度重なる経営危機にも大戦の惨禍にもひるむことなく、むしろ危機から好機を生み出し、生涯独身を貫きながら六十年もの間ヴィックを守り抜いた。その間に英国演劇界では数十という劇場経営者が希望を抱えて参入しては、やむなく退場していった。後世に残るものは何も生み出せず、永続的に残るものの基礎を作りえないままに。一方、エマとリリアンは期せずして、ローカル・コミュニティのための演劇、オペラ、バレエを「ナショナル」へと発展させる基盤としてヴィックを育てていくことになった。そこには強靭な使命感、敬虔さに裏打ちされた奉仕への情熱、さらには芸術への深い信頼とともに、市井に生きる人々の生活向上をひたすらに願い、彼らを「マイ・ピープル」と呼び母親のように親身に寄り添っていく献身的な慈愛の精神が溢れていた。

二〇一一年二月、英国政府がオールド・ヴィックにビッグ・ソサエティ賞を授与した。これはウォータールー駅の鉄道敷地を借りて若者らによる芸術的催しを展開するオールド・ヴィック・トンネルと名付けられた企画に贈られたものだ。若手の人材養成を目指すこの地域開発プロジェクトを「信じがたいほど刺激的」とキャメロン首相が賞賛し、芸術監督のケヴィン・スペイシーは「ヴィックが一貫して地域コミュニティをつなぐプログラムに献身してきた成果」と応じた。その言葉には、幾世代も劇場主が交代しつつも、世紀を超えベイリスたちの精神が脈々と受け継がれている証が、窺えるのではないだろうか。

＊　＊　＊

付記

本章は「The Old Vic の軌跡」法政大学『多摩論集』第三一巻に大幅な加筆・修正を施したものである。

（1）二〇一五年から Mathew Warchus が後任となる予定。

（2）キーンの他にも一八二〇年から三〇年代にかけて名優たちが一晩か二晩出演、フェルプス、マクレディ、グリマルディ、パガニーニらがヴィックの舞台史に名を残す。

（3）オープン当時、ギャラリー席は一シリングでスタートしたが、一八三〇年代半ばには二ペンスに値下げされた。さらに八十年後、シェイクスピアの殿堂として隆盛を誇った時代にも、ギャラリー席は相変わらず二ペンスで入れたようだ。

（4）一八三〇年から一八九〇年の間に存在したロンドンの安劇場は「ギャフ（見世物小屋）」と呼ばれ、若い労働者階級の男女を主な観客層としていた。劇場界全体で見ても、これら労働者階級の観客の方が、ウエストエンドに通う中産階級以上の観客数をはるかに上回っていたようである（Perkin, *Victorian Woman*, 一〇八）。

（5）元来エマは慈善事業、禁酒運動に熱心で、ホールを買い取る前年には「コーヒー・ミュージック・ホール・カンパニー」を設立している。

参考文献

Booth, Michael R. & Joel H.Kaplan. *The Edwardian Theatre, Essay on Performance and the Stage*. Cambridge UP, 1996.

Coleman, Terry. *The Old Vic: The Story of a Great Theatre from Kean to Olivier to Spacey*. Faber & Faber, 2014.

Crosse, Gordon. *Shakespearean Play-going 1890 to 1952*. A.R.Mowbray & Co.Ltd, 1953.

Davis, Tracy C. & Peter Holland eds. *The Performing Century, 19th-Century Theatre's History*. Palgrave Macmillan, 2007.

Day, M.C. & J.C.Trewin. *The Shakespeare Memorial Theatre*. J.M.Dent & Sons, Ltd, 1932.

Dent, Edward J. *A Theatre for Everybody, The Story of The Old Vic and Sadler's Wells*. Hyperion Press

Inc, 1945.
Findlater, Richard. *Lilian Baylis: The Lady of the Old Vic.* Allen Lane Penguin Books Ltd, 1975.
Kemp,T.C. & J.C.Trewin. *The Stratford Festival.* Cornish Brothers Ltd, 1953.
Mander, Raymond & Joe Mitchenson. *The Theatres of London.* Rupert Hart-Davis, 1961.
Marshall, Gail. *Shakespeare and Victorian Women.* Cambridge UP, 2009.
Meisel, Martin. *Shaw and the Nineteenth Century Theater.* Limelight Editions, 1984.
Perkin, Joan. *Victorian Women.* John Murray Ltd, 1993.
Roberts, Peter. *The Old Vic Story, A Nation's Theatre.* A Howard&Wyndham Company, 1976.
Rodger Wood & Mary Clarke. *Shakespeare at The Old Vic.* Adam and Charles Black, 1954
Rowel, George. *The Old Vic Theatre: A History.* Cambridge UP, 1993.
Schafer, Elizabeth. *Lilian Baylis: A biography.* University of Hertfordshire Press, 2006.
Shepherd, Simon. *The Cambridge Introduction to Modern British Theatre.* Cambridge UP, 2009.
Schoch, Richard W. *Queen Victoria and the Theatre of Her Age.* Macmillan, 2004.
Sprague, Arther Colby. *Shakespearian Players and Performance.* Harvard UP, 1953.
Wells, Stanley & Gary Taylor eds. *Shakespeare The Complete Works.* Oxford, 1988.
大場建治『ロンドンの劇場』研究社、一九七五.
木畑洋一編『現代世界とイギリス帝国』ミネルヴァ書房、二〇〇七.
楠明子『シェイクスピア劇の〈女〉たち―少年俳優とエリザベス朝の大衆文化』みすず書房、二〇一二.
斎藤偕子『一九世紀アメリカのポピュラー・シアター―国民的アイデンティティの形成』論創社、二〇一〇.
高橋裕子、高橋達史『ヴィクトリア朝万華鏡』新潮社、一九九三.

都築忠七編『イギリス社会主義思想史』三省堂、一九八六.
中山夏織『演劇と社会—英国演劇社会史』美学出版、二〇〇三.
新熊清『イギリスの演劇—宗教と文化を交えて語る』文化書房博文社、二〇〇三.

コラム7

シェイクスピア・フェスティバル

シェイクスピアの誕生から3世紀以上を経た1879年、故郷ストラットフォード・アポン・エイヴォンで記念フェスティバルが開催された。地元のビール醸造主チャールズ・フラワーが「シェイクスピアの地にシェイクスピアの劇場を」と献身的に働きかけ相当な資産を投じ、作家の名を冠したメモリアル・シアターが完成して4年後のことだった。作家の誕生日とされる4月23日から1週間、『空騒ぎ』をはじめとして『ハムレット』『お気に召すまま』のシェイクスピア3作が上演された。ロンドンからは「人口1万人ほどの田舎町に劇場とは」と冷笑的な批判を浴びたが、まずまずの成功に終わる。翌年は演目を広げて3週間催され、春の恒例行事として徐々に定着していった。

1886年のフェスティバルからフランク・ベンソンのカンパニーを迎え、さらに活気づく。ベンソンはオックスフォード出の若き俊英で、俳優としての力量に加え、他の役者を鼓舞する力にも長け精力的に活動を続けた。彼のもと、ベンソニアンと呼ばれる数々の名優が育っていく。 ベンソンはその後およそ30年にわたってフェスティバルを指揮し、文字通り立役者となる。25周年には記念祭が盛大に行われ、女優エレン・テリーはこの劇場を「英国における初の国立劇場へ最も近づく試み」と称えた。年々来客数は増加し、10年前は4千人だったのが、この年は1万4千人。しかもその多くは海外からの来場であった。春公演に加え、夏のフェスティバルも開催されるようになり、カンパニーは各地を巡演、さらには海外まで遠征も行いストラットフォードの名を広めていく。1919年ブリッジズ・アダムズがディレクターに就任、1925年には劇場にロイヤル・チャーターが贈られる。翌年火事で焼失するも、映画館を拠点にフェスティバルは存続した。背景には地元の協力のみならず、ロンドン演劇界からの惜しみない援助もあった。1932年新しいシアターが完成。1960年には芸術監督にピーター・ホールを迎え、翌年改称。今日に続くロイヤル・シェイクスピア・カンパニー（RSC）の礎はこうして築かれたのである。（西尾）

シェイクスピア・メモリアル・シアター
Detroit Publishing Company

あとがき

本書の出発点は、二〇一一年六月の英米文化学会例会後の懇親会で、ロンドンの劇場をテーマにした分科会を立ち上げようという話し合いにさかのぼります。藤岡阿由未氏に分科会の代表を願い、同年十一月、英米文化学会例会と懇親会の席で共同研究者を募ったところ、現在の執筆者六人が参加しました。二〇一二年一月二十一日に第一回分科会を清泉女子大学で開催し、以後、藤岡代表のリーダーシップの下で定期的に研究発表会を行い、分科会の会場を明治大学に移した後も活発な議論と検討を重ね、二〇一五年春に、分科会の共同研究の活動成果が遂に一冊の本にまとまった次第です。

英国の演劇界は、十七世紀半ば過ぎに職業としての女優が英国の舞台に登場したとはいえ、興行主、アクター・マネージャー、演出家、劇作家、制作関係者を含めて男性主導の時代が長く続きました。最終章で劇場経営に取り組む女性を取り上げたのも、そうした理由によるものです。現在の英国演劇界では女性の活躍が目覚ましく、時代の変化を実感します。まったくの偶然ですが、本書の執筆者は全員が女性です。ロンドンの劇場文化を検証した結果にジェンダーの影響があるか否かは、読者の皆様に判断していただくことになろうかと思います。

「ロンドンに飽きた人は人生に飽きた人だ」というジョンソン博士の名言通り、ロンドンは、古代ローマの遺跡から最先端のアートに至るまで歴史・経済・商業・文化・芸術・演劇など多様な分野の興味や関心を刺激するワンダーランドです。現在のロンドンの劇場に目を向けると、テムズ川南岸に位置するシェイクスピア・グローブ座やオールド・ヴィック劇場は、シェイクスピアとの歴史的関係を保持しながら新たな挑戦を行っています。テムズ川北岸に位置する国立劇場内の三つの劇場と劇場街から少し離れたロイヤル・コート劇場は伝統と革新のバランスを意識し、英国演劇を率いる気概を感じさせる存在です。ウエストエンドの劇場街では、華麗なシャンデリアや豪華な内装が歴史を物語る劇場でミュージカルからストレートプレイまで多彩な演目が上演され、質の高い演劇を思う存分楽しむことができます。観客がタイム・スリップしたような異空間で観劇できるのもウエストエンドの劇場の魅力でしょう。リージェンツ・パークの夏期の野外劇場、フリンジの小劇場、ロンドン郊外の劇場などを含めると、「ロンドンの劇場文化」と一言では語りつくせないほどの個性的な劇場が数多く存在します。

序論にあるように、本書は上演の観点から英国近代演劇を再考する挑戦的な研究書として専門的な議論を行うとともに、ロンドンの劇場を訪れる方々に劇場の歴史、ジャンルやレパートリー、俳優、制作関係者、観客などさまざまな角度から英国近代の劇場のダイナミズムを感じ取っていただけるよう心がけました。紙面の都合上、取り上げた劇場の数は多くはありません。けれども、今は姿を消した由緒ある劇場を含めて十二の劇場を基点に、英国の近代演劇の歩んだ道程の意味を解き明かし、劇場を介して時代の趨勢《すうせい》に光を当てることを目指しました。この目的を果たすために、執筆者はロンドンの劇場（劇場跡地）を実際に訪れ、現在の劇場の前に佇みながら劇場の過去へと思いをはせたのです。読者の皆様に劇場の現在から過去を読み解く基点を確認していただくために、執筆者が撮影した劇場の外観の写真（現存しない場合は過去の図版）を各章およびコラムに掲載しました。ロンドンの劇場の過去を知ることで現在の劇場や演劇に一層関心を寄せ、演劇が時代に関与した状況や劇場にかかわった過去の人々に更なる興味を抱いていただければ幸いです。

出版に際し、ご尽力いただいた分科会代表はじめ分科会のメンバーに感謝申し上げるとともに、英米文化学会の理事の皆様に深く御礼申し上げます。数が多いので個々の名称は挙げませんが、資料収集および図版提供に快く協力くださった国内外の研究機関、図書館、博物館、劇場に改めて御礼申し上げます。また、出版に当たって丁寧に原稿に取り組み、貴重な助言をくださった（株）朝日出版社の編集者清水浩一氏、出版を快く引き受けてくださった（株）朝日出版社 社長原雅久氏に、この場をお借りして心より感謝申し上げます。

最後になりましたが、帯の文章をあつかましくもお願いしたところ、快諾してくださった翻訳家、松岡和子氏に厚く御礼申し上げます。日本のみならず英国の劇場でも偶然に出会う程、演劇で結ばれた旧友の応援に感謝の念を十分に伝える適切な言葉が見つかりません。止むをえず、ハムレットよろしく「あとは、沈黙」とペンを措くことをお許しください。

門野　泉

関連年表

＊上演作品は、原則として初演の年を基準とした。

年	英国演劇史（本文で扱った事項は太字）	世界の政治・文化・演劇史（本文で扱った事項は太字）
一八四三	劇場法制定	ワーグナー『さまよえるオランダ人』（独）
一八四四	**フェルプス、サドラーズ・ウェルズ劇場（前身一六八三年開場）のアクター・マネージャー（コラム①）**	大デュマ『三銃士』（仏）
一八四五	ハー・マジェスティーズ劇場で『パ・ド・カトル』初演。グリジ、タリオーニ、グラン、チェリートが競演	メリメ『カルメン』（仏）
一八四七	**ロイヤル・コヴェント・ガーデン（一七三二年開場）、ロイヤル・イタリアン・オペラ・ハウスに改称（6章）**	C・ブロンテ『ジェーン・エア』（英） E・ブロンテ『嵐が丘』（英）
一八四九	国立劇場設立請願運動 マクリーディ、ニューヨークのアスター・プレイス劇場で『マクベス』に出演	スクリーブ『アドリアンヌ・ルクヴルール』（仏）

一八五〇	**チャールズ・キーン、プリンセス劇場（一八四〇年開場）のアクター・マネージャー（1章）**	イプセン『カティリーナ』刊行（ノ）
一八五一	マクリーディ、ドゥルリー・レーン劇場の『マクベス』で引退公演	第一回万国博覧会、ロンドンで開催。水晶宮完成
一八五二	最初のミュージック・ホール、カンタベリ開場	ナポレオン三世皇帝即位
一八五四	ヴェストリス夫人、ライシアム劇場で引退公演	クリミア戦争
一八五六	「ケンブリッジ大学演劇協会」設立 エレン・テリー、プリンセス劇場でデビュー	フローベル『ボヴァリー夫人』（仏）
一八五九	チャールズ・キーン演出『ヘンリー五世』	ダーウィン『種の起原』（英） ディケンズ『二都物語』（英）
一八六〇	ミュージック・ホール、アルハンブラ開場	マリインスキー劇場開場（露）
一八六一	オックスフォード・ミュージック・ホール開場	南北戦争
一八六三	テイラー『仮釈放の男』	ロンドンに最初の地下鉄開通

		マネ『草上の昼食』（仏）
一八六五	バンクロフト夫妻、プリンス・オヴ・ウェールズ劇場のマネージャー ロバートソン『社交界』	リンカーン、テイラー『われらがアメリカの親戚』観劇中に暗殺（米）
一八六七	ロバートソン『階級』	マルクス『資本論』（独）
一八六八	ゲイエティ劇場開場	グラッドストーン自由党内閣成立（英） 明治維新
一八七〇	ヴォードヴィル劇場開場	普仏戦争 ドリーブ『コッペリア』（仏）
一八七一	**ベイトマン、ライシアム劇場（一八一六年開場）のマネージャー。アーヴィング『ベル』主演（1章）**	ドイツ帝国成立 パリ・コミューン
一八七二		ニーチェ『悲劇の誕生』（独）
一八七三	**ヘイマーケット劇場（一七二〇年開場）で初のマチネ上演（コラム②）**	ゾラ『テレーズ・ラカン』（小説は一八六七年刊行）（仏）

一八七四	クライテリオン劇場開場 アーヴィング、ライシアム劇場の『ハムレット』主演	「マイニンゲン一座」ベルリン初興行 ムソグルスキー『ボリス・ゴドノフ』（露） 第一回印象派展（仏）
一八七五	公共娯楽法でマチネ上演が可能に ギルバートとサリヴァン『陪審員の審判』 **ストラットフォード・アポン・エイヴォンでシェイクスピア・メモリアル劇場開場（4章、コラム⑦）**	スエズ運河株式買収（英） パリ・オペラ座（ガルニエ宮）開場（仏）
一八七六		ベル、電話を発明（米） マラルメ『半獣神の午後』（仏） バイロイト祝祭劇場、ワーグナー『ニーベルングの指環』で開場（独）
一八七七	ギルバートとサリヴァン『魔法使い』	英領インド帝国成立 イプセン『社会の柱』（ノ） チャイコフスキー『白鳥の湖』（露）
一八七八	**アーヴィング、ライシアム劇場のアクター・マネージャー。エレン・テリーと、以後二十五年間共演**	パリ万国博覧会 ベルリン会議

	（1章）	
一八七九	「コメディ・フランセーズ」ロンドン公演 **アーヴィング『ヴェニスの商人』シャイロック役（1章）** **ストラットフォード・アポン・エイヴォンでシェイクスピア・フェスティバル開催（コラム⑦）**	ズール戦争 エジソン、電球を発明（米） イプセン『人形の家』（ノ） ドストエフスキー『カラマーゾフの兄弟』（露）
一八八〇	『ステージ』紙創刊 **コンス、オールド・ヴィック（前身一八一八年開場）買収（7章）**	グラッドストーン第二次内閣成立（英） ゾラ『ナナ』（仏）
一八八一	「俳優組合」の前身、「俳優協議会」設立 「マイニンゲン一座」ロンドン公演 **ポール、オールド・ヴィックのマネージャー（7章）** **サヴォイ劇場開場。初の全館電気照明。ギルバートとサリヴァンのサヴォイ・オペラ開始（コラム⑥）**	アレクサンドル二世暗殺 オッフェンバック『ホフマン物語』（仏） チェコ国民劇場開場 ゾラ『演劇における自然主義』（仏）
一八八二	「俳優博愛基金」設立 ワーグナー『指輪』英国初演 **アーヴィングの『空騒ぎ』復活上演（1章）**	三国同盟成立 ラ・ロンジュ「ドイツ座」設立（独） イプセン『幽霊』（ノ）

一八八三	**ライシアム劇場第一回北米ツアー（1章）**	ニーチェ『ツァラトストラかく語りき』（独） メトロポリタン歌劇場開場（米） 鹿鳴館完成
一八八四	「オックスフォード大学演劇協会」設立	「フェビアン協会」設立（英）
一八八五	ピネロ『治安判事』 **ギルバートとサリヴァン『ミカド』（4章、コラム⑥）**	「マイニンゲン一座」モスクワ公演 大阪戎座で三世勝諺蔵脚色『ヴェニスの商人』
一八八六	**ベンソン、シェイクスピア・フェスティバルを指揮（〜一九一九）（コラム⑦）**	モレアス「象徴主義宣言」（仏）
一八八七	ビアボウム＝トリー、コメディ劇場とヘイマーケット劇場のアクター・マネージャー	ヴェルディ『オテロ』（伊） アントワーヌ「自由劇場」設立（仏）
一八八八	「スワン座スケッチ」発見 **リーノ、ドゥルリー・レーン劇場の主演俳優（3章）** **ロイヤル・コート劇場（前進一八七〇年）開場（4章）**	スタニスラフスキー「文芸協会」設立（露）

一八八九	「王立演劇一般基金」設立 イプセン『人形の家』英国初演	パリ万国博覧会、エッフェル塔完成 ストリンドベリ『令嬢ジュリー』（スウェ） ブラーム「自由舞台」設立（独） 歌舞伎座開場
一八九〇	**アレキサンダー、セント・ジェイムズ劇場（一八三五年開場）のアクター・マネージャー（２章）**	「民衆舞台」設立（独） プティパ『眠れる森の美女』（露）
一八九一	「俳優協議会」設立 パレス劇場の前身、ロイヤル・イングリッシュ・オペラ・ハウス開場 **ジェイムズ、『アメリカ人』を劇化（２章）** **グライン「独立劇場協会」設立（コラム④）**	イエイツ「国民文芸協会」設立（ア） イプセン『ヘッダ・ガブラー』（ノ） ヴェデキント『春のめざめ』（独）
一八九二	ショー『やもめの家』 **ワイルド『ウィンダミア卿夫人の扇』（２章）** **ロイヤル・イタリアン・オペラ・ハウス、ロイヤル・オペラ・ハウスに改称（６章）**	ハウプトマン『織工』（独）
一八九三	「ロンドン・シンジケート」設立	リュニエ＝ポー「制作座」設立（仏）

	ワイルド『つまらない女』（コラム②） **ピネロ『タンカレー氏の後妻』（2章）**	メーテルリンク『ペレアスとメリザンド』（ベ）
一八九四	ワイルド『サロメ』ロンドン（前年パリ）で刊行 ショー『武器と人』 **ポール「エリザベス朝舞台協会」設立（1章、コラム④）**	ドレフュス事件 日清戦争 ドビュッシー『牧神の午後への前奏曲』（仏）
一八九五	ベルナールとドゥーゼ、『椿姫』と『マグダ』で競演 **アーヴィング、俳優として初のナイト爵位（1章）** **ジェイムズ『ガイ・ドンヴィル』、ワイルド『真面目が肝心』、『理想の夫』（2章、コラム②）**	リュミエール兄弟、シネマトグラフを発明（仏） アッピア『ワーグナー劇の演出について』（スイス） プティパ＝イワノフ『白鳥の湖』（露）
一八九六	『サロメ』ワイルド投獄中にパリで初演	第一回近代オリンピック、アテネで開催 ジャリ『ユビュ王』観客の暴動（仏） ハウプトマン『沈鐘』（独） チェーホフ『かもめ』（露）
一八九七	フォーブズ＝ロバートソン『ハムレット』主演 **ハー・マジェスティーズ劇場開場（コラム③）** **アーチャー「新世紀劇場協会」設立（コラム④）**	ダイヤモンド・ジュビリー（ヴィクトリア女王即位60年）（英） ロスタン『シラノ・ド・ベルジュラッ

		ク』（仏）
一八九八	ショー『シーザーとクレオパトラ』 **ショー「舞台協会」設立（コラム④）** **リーノらにより、グランヴィル劇場開場（3章）** **「制作座」ロンドン公演（4章）**	ジェイムズ『ねじの回転』（米） スタニスラフスキー「モスクワ芸術座」設立（露） **『芸術世界』創刊（露）（6章）**
一八九九	「ロンドン舞台連合協会」設立 ベンソン演出、ノー・カット版『ハムレット』 **ストールとモス「モス・エンパイアズ・リミティッド」設立（5章）**	ボーア戦争勃発 アッピア『音楽と演出』（スイス） イエイツ「アイルランド文芸座」設立（ア）
一九〇〇	クレイグ、「パーセル・オペラ協会」の『ディドとアエネアス』演出 ダンカン、ニュー・ギャラリーで公演 「川上音二郎一座」ウェールズ親王の御前で公演	「川上音二郎一座」パリ万博出演 夏目漱石ロンドン留学 フロイト『夢判断』（墺） シュニッツラー『輪舞』（墺）
一九〇一	クレイグ「パーセル・オペラ協会」の『愛の仮面劇』演出	ヴィクトリア女王逝去、エドワード七世即位 チェーホフ『三人姉妹』（露）
一九〇二	ショー『ウォレン夫人の職業』	日英同盟

	バリ『あっぱれクライトン』	ゴーリキー『どん底』（露） メリエス監督映画『月世界旅行』（仏）
一九〇三	クレイグ演出『から騒ぎ』『ヘルゲランドの勇士たち』	ライト兄弟、飛行に成功（米） ロラン『民衆演劇論』（仏）
一九〇四	**RADAの前身、アカデミー・オブ・ドラマティック・アート設立（コラム③）** **ロンドン・コリシーアム開場（5章）** **グランヴィル＝バーカーとヴェドレンのロイヤル・コート・シーズン（〜一九〇七）。『国立劇場の計画と見積』刊行（4章）** **ショー『ジョン・ブルの離れ島』『キャンディーダ』（4章）** **バリ『ピーター・パン』（3、5章）**	日露戦争勃発 チェーホフ『桜の園』（露） アベイ劇場開場（ア） プッチーニ『蝶々夫人』（伊） **ダンカン、ロシア公演（6章）**
一九〇五	オールドウィッチ劇場開場 クレイグ『劇場芸術』刊行 花子、サヴォイ劇場に出演 **ショー『人と超人』『バーバラ少佐』（4章）**	血の日曜日（露） アインシュタイン「特殊相対性理論」（独） ラインハルト演出『夏の夜の夢』（独） R・シュトラウス『サロメ』（独）
一九〇六	セントラル演劇学校設立	英国労働党結成

	ピネロ『家治まりぬ』（2章） **ゴルズワージー『銀の箱』（4章）**	メイエルホリド演出『ヘッダ・ガブラー』『見世物小屋』（露） 坪内逍遥ら「文芸協会」設立
一九〇七	クイーン劇場開場 クレイグ『俳優と超人形』刊行 **ロビンズ『婦人参政権を！』（4章）**	婦人参政権要求デモ過激化（英） ストリンドベリの親和劇場開場（ベル） シング『西の国のプレイボーイ』（ア） ピカソら、キュビスムを創始（仏）
一九〇八	ホーニマン「マンチェスター・レパートリー・シアター」設立 「シェイクスピア・メモリアル・ナショナル・シアター委員会」（SMNT）設立 クレイグ『マスク』創刊	メーテルリンク『青い鳥』（ベル）
一九〇九	**グランヴィル＝バーカーとアーチャー『国立劇場の計画と見積』再刊行（4章）**	「バレエ・リュス」第一回パリ公演 マリネッティ「未来派宣言」（伊） 小山内薫、市川左団次「自由劇場」設立 坪内逍遥訳『シェイクスピア全集』（〜一九二八年刊行）
一九一〇	ゴルズワージー『正義』	ジョージ五世即位

	パリ『12ポンドの目つき』（5章）	ダルクローズ、ドレスデンで舞踊学校開校 「バレエ・リュス」『火の鳥』パリで初演
一九一一	クレイグ『劇場芸術論』刊行 **ラインハルト、ロンドンで『奇蹟』上演（4章）** **「バレエ・リュス」第一回ロンドン公演（6章）**	トルストイ『生ける屍』（露） 帝国劇場開場
一九一二	サヴォイ劇場で、グランヴィル＝バーカー演出『十二夜』『冬物語』 **ミュージック・ホールの対話劇が検閲対象に（5章）** **ストール経営のヴァラエティ劇場、上演ライセンス取得（5章）** **レヴュー『ハロー・ラグタイム！』（5章）** **パレス劇場でロイヤル・ヴァラエティ・パフォーマンス第一回公演（コラム⑤）** **ベイリス、オールド・ヴィックを劇場化（7章）**	タイタニック号沈没（英） 英国炭鉱に大ストライキ クレイグとスタニスラフスキー共同演出『ハムレット』。可動舞台装置「スクリーン」を使用（露） 「バレエ・リュス」『牧神の午後』パリで初演
一九一三	クレイグ『新しい演劇に向けて』刊行 ジャクソンの「バーミンガム・レパートリー・シアター」設立	コポー「ヴィユ・コロンビエ座」設立（仏） 島村抱月、松井須磨子「芸術座」設立

		プルースト『失われた時を求めて』（〜一九二七年刊行）（仏） **「バレエ・リュス」『春の祭典』パリで初演（6章）**
一九一四	ショー『ピグマリオン』ビアボウム＝トリーとキャンベル夫人共演 サヴォイ劇場でグランヴィル＝バーカー演出『夏の夜の夢』 **オールド・ヴィック劇場でシェイクスピア・シーズン開始（7章）**	第一次世界大戦勃発 タイーロフのカーメルヌイ劇場開場（露） 宝塚少女歌劇第一回公演
一九一六	**ハー・マジェスティーズ劇場の『チュー・チン・チョウ』、一九二一年まで二二三八回のロングラン（6章）**	ロイド・ジョージ内閣成立（英） イエイツ『鷹の井戸』（ア） グロテスク演劇出現（伊）
一九一七	モーム『おえら方』ニューヨークで初演	ロシア二月革命、十一月革命 アポリネール『テイレシアスの乳房』（仏） **「バレエ・リュス」『パラード』パリで初演（6章）**
一九一八	**リリック劇場開場（コラム④）**	第一次世界大戦終結

		婦人参政権承認（英）
一九一九	クレイグ『前進する演劇』刊行 **「ブリティッシュ・ドラマ・リーグ」設立（コラム④）**	アイルランド共和国独立宣言 ヴェルサイユ条約 「シアター・ギルド」設立（米） 映画『カリガリ博士』（独）
一九二〇	ＡＤＡにロイヤル・チャーター バリ『メリア・ローズ』	国立民衆劇場開場（仏） オニール『地平線のかなた』（米）
一九二一	モーム『ひとめぐり』 **「バレエ・リュス」『眠り姫』（6章）**	アイルランド自由国成立 ピランデルロ『作者を探す六人の登場人物』（伊）
一九二二	ショー『メトセラに還れ』ニューヨークで初演	ソヴィエト社会主義共和国連邦成立 ムッソリーニのファシスト政権成立 ジョイス『ユリシーズ』（ア）
一九二三	ショー『聖ジョウン』ニューヨークで初演 **オールド・ヴィック劇場でシェイクスピア全作品上演達成（7章）**	関東大震災 オケイシー『狙撃兵の影』（ア）

一九二四	カワード『渦』	マクドナルド労働党内閣成立（英） ブルトン『シュルレアリスム宣言』（仏） 小山内薫、土方与志「築地小劇場」設立
一九二五	「芸術座」ロンドン公演 **ゲイト劇場開場（コラム④）** **シェイクスピア・メモリアル・シアターにロイヤル・チャーター（コラム⑦）**	ピランデルロ「芸術座」設立（伊） クローデル『繻子の靴』（〜一九二九年刊行）（仏） ロラン『愛と死の戯れ』（仏）
一九二七	アート・シアター・クラブ開場 **グランヴィル＝バーカー『シェイクスピア劇への序文』刊行（４章）**	ＢＢＣ設立（英） 初のトーキー映画『ジャズ・シンガー』（米） デュラン、ジュヴェ、バテイ、ピトエフ「カルテル」設立（仏） ウルフ『灯台へ』（英） ミュージカル『ショーボート』（米）
一九二九	**「オールド・ヴィック・カンパニー」設立（７章）**	世界恐慌 マヤコフスキー『南京虫』（露） **ディアギレフ死去。「バレエ・リュス」**

		解散（6章）
一九三〇	「英国俳優組合」設立 ギールグット『ハムレット』に初主演 カワード『私生活』 **「カマルゴ協会」設立（6章）**	ロンドン軍縮会議 コクトー『人間の声』（仏）
一九三一	**「ヴィック・ウェルズ・バレエ」設立（6章）** **「カマルゴ協会」『ヨブ』（6章）**	ワイルダー『ロング・クリスマスディナー』（米）
一九三二	ベイリスにより、サドラーズ・ウェルズ劇場再開 プリーストリー『危険な曲り角』 ショー『90年代のわれらの演劇』刊行 **新シェイクスピア・メモリアル・シアター開場（コラム⑦）**	英国の失業者四〇〇万 「合衆国労働者演劇同盟」設立（米） アルトー「残酷演劇宣言」（仏）
一九三四	オールド・ヴィック劇場非課税化	ヒットラー、ナチス総統に就任
一九三五	エリオット『寺院の殺人』 ニュー劇場（現アルベリー劇場）でギールグットと オリヴィエ『ロミオとジュリエット』で初共演	アルトー演出『チェンチ一族』（仏） ガーシュイン『ポギーとベス』（米）

一九三六	ケインズのケンブリッジ芸術劇場開場	エドワード八世即位するも、王妃問題で退位。ジョージ六世即位 スペイン内乱 ケインズ『雇用・利子および貨幣の一般理論』（英）
一九三七	オリヴィエとリチャードソンらのオールド・ヴィック・シーズン	アイルランド自由国、新憲法制定。国名をエールと改名
一九三八	オールド・ヴィック劇場でガスリー演出『ハムレット』	ワイルダー『わが町』（米） アルトー『演劇とその分身』（仏）
一九三九	英国俳優組合「クローズド・ショップ」設立 ガスリー、オールド・ヴィック劇場とサドラーズ・ウェルズ劇場監督 エリオット『一族再開』	第二次世界大戦勃発 スタインベック『怒りの葡萄』（米）
一九四〇	空襲でロンドンの劇場閉鎖 「音楽芸術奨励協議会」（ＣＥＭＡ）設立	チャーチル、英国首相に就任 メイエルホリド、処刑（露）
一九四一	ケインズ、ＣＥＭＡ議長	太平洋戦争

	カワード『陽気な幽霊』一九四六年まで一九九七回のロングラン	ブレヒト『肝っ玉おっ母とその子供たち』（独）
一九四二	ケインズ、ブリストル・シアター・ロイヤル売買に介入。英国初の公的助成劇場開場	カミュ『異邦人』（仏）
一九四五	巡回劇団「シアター・ワークショップ」設立 **ケインズ、CEMAを「英国芸術評議会」に改組（6章）**	第二次世界大戦終結 ウィリアムズ『ガラスの動物園』（米）
一九四六	シェイクスピア・メモリアル劇場でブルック演出『恋の骨折り損』 プリーストリー『夜の来訪者』	ロンドンで国連第一回総会 コクトー『双頭の鷲』（仏）
	ロイヤル・オペラ・ハウス『眠れる森の美女』で再開（6章）	サルトル『墓場なき死者』『恭しき娼婦』（仏）
一九四七	エディンバラ国際演劇音楽祭開始	ジュネ『女中たち』（仏） ウィリアムズ『欲望という名の電車』（米）
一九四九	エリオット『カクテル・パーティー』	エール共和国、アイルランド共和国として完全独立 ブレヒト「ベルリーナ・アンサンブ

		ル」設立（独） ミラー『セールスマンの死』（米）
一九五二	ラティガン『深く青い海』 アガサ・クリスティ『ねずみとり』現在までロングラン	エリザベス二世即位 イヨネスコ『椅子』（仏）
一九五三	ベントール演出『ハムレット』	ベケット『ゴドーを待ちながら』（ア） ミラー『るつぼ』（米）
一九五四	エディンバラ・フリンジ・フェスティバル開始 ブリテンのオペラ『ねじの回転』	第一回ニューヨーク・シェイクスピア・フェスティバル（米）
一九五五	ディヴァイン演出、イサム・ノグチ装置『リア王』 ブルック演出『タイタス・アンドロニカス』でオリヴィエとヴィヴィアン・リー共演	ウィリアムズ『やけたトタン屋根の猫』（米） 「文学座」福田恒存演出『ハムレット』
一九五六	「ベルリーナ・アンサンブル」ロンドン公演 **ディヴァインにより、ロイヤル・コート劇場再開（4章）** **オズボーン『怒りをこめてふりかえれ』（4章）** **「サドラーズ・ウェルズ・バレエ」、「ロイヤル・バ**	ミュージカル 『マイ・フェア・レディ』（米） オニール『夜への長い旅路』（米）

	レエ」に改称（6章）	
一九五七	**セント・ジェイムズ劇場取り壊し（2章）** **ベケット『エンド・ゲーム』（4章）**	ミュージカル『ウエスト・サイド・ストーリー』（米） 黒澤明監督『蜘蛛巣城』
一九五八	ピンター『バースデイ・パーティー』 シェファー『五重奏』	「オフ・オフ・ブロードウェイ」運動開始（米）
一九五九	マーメイド劇場開場 アーデン『マスグレイヴ軍曹の踊り』	グロトフスキ「演劇実験室」設立（ポ） 「俳優座」小沢栄太郎演出『十二夜』
一九六〇	ピンター『管理人』 ブリテンのオペラ『夏の夜の夢』 **ホール「ロイヤル・シェイクスピア・カンパニー」（RSC）の初代芸術監督（コラム⑦）**	ビートルズ結成（英）
一九六一	**アメリカMGM、ロンドン・コリシーアムを映画館として使用。一九六九年に「イングリッシュ・ナショナル・オペラ」の本拠地（5章）**	ガガーリン、世界初の宇宙飛行 コット『シェイクスピアはわれらの同時代人』、スタイナー『悲劇の死』、エスリン『不条理の演劇』刊行

一九六二	オリヴィエ、国立劇場とチチェスター・フェスティバル劇場の初代芸術監督 ブルック演出『リア王』	キューバ危機 オールビー『ヴァージニア・ウルフなんかこわくない』（米）
一九六三	**国立劇場、オリヴィエ演出『ハムレット』で開場（4、7章）**	ケネディ大統領、暗殺 ベケット『芝居』（ア）

（蒔田裕美）

ワ行

ワイルド，オスカー
(Wilde, Oscar) 9,46,52-55,62,66,130
『ウィンダミア卿夫人の扇』
(*Lady Windermere's Fan*) 52,66
『つまらない女』
(*A Woman of No Importance*) 66
『真面目が肝心』
(*The Importance of Being Ernest*) 62,130
『理想の夫』
(*An Ideal Husband*) 66
ワーグナー，リヒャルト
(Wagner, Richard) 69,105,127,146,149

リージェンツ・パーク野外劇場
(Open Air Theatre, Regent's Park) 84
リストーリ，アデレイド
(Ristori, Adelaide) 44
リッチ，ジョン
(Rich, John) 143
リトラー，プリンス
(Littler, Prince) 116
『リトル・ブリテン』
(*Little Britain*) 85
リーノ，ダン
(Leno, Dan) 9,68,71,76-85
リファール，セルジュ
(Lifar, Serge) 159
リュニエ＝ポー
(Lugné-Poe) 105
リリック劇場，ハマースミス
(Lyric Theatre, Hammersmith) 111
ルイ十四世
(Louis XIV) 142,154
レイチェル，エリーザ・フェリックス
(Rachel, Eliza Felix) 44
レヴュー
(revue) 116,134,135,136
レパートリー・シアター・ムーブメント
(repertory theatre movement) 107,158
ロイド＝ウェーバー，アンドリュー
(Lloyd Webber, Andrew) 18
ロイヤル・イタリアン・オペラ・ハウス
(The Royal Italian Opera House) 143
ロイヤル・ヴァラエティ・パフォーマンス
(Royal Variety Performance) 140
ロイヤル・オペラ
(Royal Opera) 142,160
ロイヤル・オペラ・ハウス
(Royal Opera House) 142-147, 152,153,157-161
ロイヤル・コート劇場
(Royal Court Theatre) 9,44, 90-93,95-103,105-109
ロイヤル・シェイクスピア・カンパニー
(Royal Shakespeare Company) 195
ロイヤル・バレエ
(The Royal Ballet) 142,145, 157,160-162,189
ロビンズ，エリザベス
(Robins, Elizabeth) 96,98,101, 102
『婦人参政権を！』
(*Vote for Women!*) 98,102
『ロビンソン・クルーソー』
(*Robinson Crusoe*) 79,81
ロポコワ，リディア
(Lopokova, Lydia) 157,161
ロマンティック・バレエ
(Romantic ballet) 144,147,150
『ロミオとジュリエット』(バレエ作品) (*Romeo and Juliet*) 142
ロンドン・コリシーアム
(London Coliseum) 9,114-136, 140,153,155
ロンドン・ヒッポドローム
(London Hippodrome) 134

マリインスキー帝室劇場
(Imperial Mariinsky Theatre)
146,154,162
『ミカド』
(*Mikado*) 104,165
ミドルクラス
(middle class) 19,20,24,44,46,48,49,57,70,72,73,79,82,88,98,115,122,123,135
ミュージカル
(musical) 18,38,42,69,88,165,168
ミュージック・ホール
(music hall) 5,9,18,19,71-74,79,81,82,85,115,116,118-126,128,129,133,135,136,144,148,153,157,169,170,181,192
ミラー，アーサー
(Miller, Arthur) 91
『るつぼ』
(*Crucible*) 91
無言劇
(pantomime) 71,72
メイエルホリド，フセヴォロド
(Meyerhold, Vsevolod) 147
メーテルリンク，モーリス
(Maeterlinck, Maurice) 95,96,111
メロドラマ
(melodrama) 8,21-26,29,33,36-38,42,72,170,186
モス，エドワード
(Moss, Edward) 120,121
モス・エンパイアズ・リミティッド
(Moss Empires Ltd.) 120,121
モダニズム
(modernism) 9,144,151,152
モダン・ダンス
(modern dance) 155,156
モダン・バレエ
(modern ballet) 153,156,158
モーム，サマセット
(Maugham, Somerset) 64
モーリー・カレッジ
(Morley College) 181,182,190
『モンティ・パイソン』
(*Monty Python*) 85,114

ヤ行

『ヨブ』
(*Job*) 158
『夜のバレエ』
(*Le Ballet de la Nuit*) 142

ラ行

『ライオン・キング』
(*The Lion King*) 38
ライシアム劇場
(Lyceum Theatre) 6,8,15-24,29,31-38,50,182
ラインハルト，マックス
(Reinhardt, Max) 105
RADA
(Royal Academy of Dramatic Art 王立演劇学校) 88
『ラ・シルフィード』
(*La Sylphide*) 144,147
リー，ヴィヴィアン
(Leigh, Vivien) 45,181

（principal boy）　73, 76, 84
プリンス・オブ・ウェールズ劇場
（Prince of Wales Theatre）　154
プリンセス劇場
（Princess's Theatre）　27-29
ブルームズベリー・グループ
（Bloomsbury Group）　149, 150
ブレイク，ウィリアム
（Blake, William）　158
ブレヒト，ベルトルト
（Brecht, Bertolt）　91
『セツアンの善人』
（*Good Person of Szechwan*）　91
プロセニアム・アーチ
（proscenium arch）　66, 124, 179
ヘア・ジョン
（Hare, John）　44, 45
ベイトマン，ヘジカイァ
（Bateman, Hezekiah Linthicum）　17, 23, 26
ベイトマン，イザベル
（Bateman, Isabel Emilie）　17, 27
ヘイマーケット劇場
（Theatre Royal, Haymarket）　10, 66, 129, 143
ベイリス，リリアン
（Baylis, Lilian）　9, 157, 169, 171-180, 183, 184, 186, 187, 189-191
ベケット，サミュエル
（Beckett, Samuel）　91
『エンド・ゲーム』
（*End Game*）　91
ベタートン，トマス
（Betterton, Thomas）　68
『ベル』
（*The Bells*）　16, 17, 23-26, 29, 33, 38
ベルナール，サラ
（Bernhardt, Sarah）　104
ベンソン，フランク
（Benson, Frank）　21, 172, 195
ボーサ，マリオ
（Borsa, Mario）　48, 122, 123, 132
ポール，ウィリアム
（Poel, William）　34, 35, 111, 172, 177, 178, 186
ボンド，エドワード
（Bond, Edward）　91

マ行

『マイヤリング』
（*Mayering*）　161
マクミラン，ケネス
（MacMillan, Kenneth）　142, 161, 162
『マザー・グース』
（*Mother Goose*）　79
マシーン，レオニード
（Massine, Leonide）　152, 153, 159
マーズデン，ロイ
（Marsden, Roy）　16
マッケラン、イアン
（Mckellen, Ian）　16
マッチャム，フランク
（Matcham, Frank）　115
マーティン-ハーヴェイ，ジョン
（Martin-Harvey, John）　21

66
パントマイム
(pantomime) 5,9,42,69-71,73-75,77-86,92,106
パントマイム・デイム
(pantomime dame) 71,73,78-81,83-86
ビアボウム，マックス
(Beerbohm, Max) 85
ピカソ，パブロ
(Picasso, Pablo) 152,153
非正規劇
(illegitimate drama) 117
ビーチャム，トマス
(Beecham, Thomas) 146
ピット（一階後方無指定席）
(pit) 66,123
ヒッポドローム
(Hippodrome) 134
ピネロ，アーサー
(Pinero, Arthur Wing) 21,34,36,46,52,54-57,62-64,130
『王女と蝶』
(*The Princess and the Butterfly, or the Fantastics*) 62
『家治まりぬ』
(*His House in Order*) 57,63
『タンカレー氏の後妻』
(*The Second Mrs. Tanqueray*) 47,51,54,57,58,130
ピープルズ・シアター
(People's Theatre) 174
『ファウストの劫罰』
(*The Damnation of Faust*) 114
風習喜劇
(Comedy of Manners) 44,49
フェルプス，サミュエル
(Phelps, Samuel) 30,42
フォーキン，ミハイル
(Fokine, Mikhail) 146,147,151,155
フォーブス＝ロバートソン，ジョンストン
(Forbes-Robertson, Johnston) 21,34
フォンテイン，マーゴ
(Fonteyn, Margot) 142,159,161
『不思議の国のアリス』
(*Alice in Wonderland*) 69
婦人参政権運動
(Women's Suffrage Movement) 81,111,137
舞台協会
(Stage Society) 98,111,158
プティパ，マリウス
(Petipa, Marius) 146,162
ブノワ，アレクサンドル
(Benois, Alexandre) 146
フライ，ロジャー
(Fry, Roger) 149
ブラウン，ゴードン・フレデリック
(Browne, Gordon Frederick) 33
ブリティッシュ・ドラマ・リーグ
(British Drama League) 111
ブリュー，ウージェーヌ
(Brieux, Eugène) 95
プリンシパル・ボーイ

88,153
バランシン，ジョージ
(Balanchine, George) 159
パリ・オペラ座
(Paris Opera) 142,148,159
バリ，J・M
(Barrie, James Matthew) 36,70,84,99,118,127,130,131,133,136
『十二ポンドの目つき』
(*The Twelve-Pound Look*) 118,127,130,131,133,136,137
『ピーター・パン』
(*Peter Pan*) 84,133
ハリス，オーガスタス
(Harris, Augustus) 69,72
バレエ・リュス（ディアギレフの）
(Les Ballets Russes de Sergei Diaghilev) 9,140,144-146,148,149,151-153,155-159,161
『アルミードの館』
(*Le Pavillon d'Armide*) 147,148
『カルナヴァル』
(*Le Carnaval*) 147
『奇妙な店』
(*La Boutique fantasque*) 153
『クレオパトラ』
(*Cleopatre*) 147
『三角帽子』
(*The Three-Cornerd Hat*) 153
『シェエラザード』
(*Scheherazade*) 147,150,153
『眠り姫』
(*The Sleeping Princess*) 153-157,161,162
『花火』
(*Le Feu d'artifice*) 152
『パラード』
(*Parade*) 152
『薔薇の精』
(*Le Spectre de la rose*) 147,150
『春の祭典』
(*Rite of Spring*) 151,152
『火の鳥』
(*Firebird*) 146,153
『ペトルーシュカ』
(*Petrushuka*) 146,153
『牧神の午後』
(*L'Après-midi d'un Faune*) 153
『ポロヴェッツ人の踊り』
(*Polovtsian Dances*) 147
『レ・シルフィード』
(*Les Sylphide*) 147
パレス劇場
(*Palace Theatre*) 10,140
『ハロー、ラグタイム！』
(*Hullo, Ragtime!*) 134
バーン＝ジョーンズ，エドワード
(Burne-Jones, Edward) 22
バンクロフト，スクワィア
(Bancroft, Squire) 34
バンクロフト夫妻
(Bancroft, Squire and Marie)

（Devine, George） 90,91
デューク・オブ・ヨークス劇場
（Duke of York's Theatre） 85, 133
テリー，エレン
（Terry, Ellen） 17,20,21,29,32, 33,36,97,176,195
テリス，ウィリアム
（Terriss, William） 21
ドゥーゼ，エレオノラ
（Duse, Eleonora） 104
ドゥルリー・レーン劇場
（シアター・ロイヤル・ドゥルリー・レーン）
（Theatre Royal, Drury Lane） 9, 68-74,79,82-85,124,143
トーキー映画
（talkie） 116,140
『ドクター・ディー』
（*Doctor Dee*） 114
独立劇場協会
（The Independent Stage Society） 111
ドライデン，ジョン
（Dryden, John） 68
ドラン，アンドレ
（Derain André） 153
トリー，ハーバート＝ビアボウム
（Tree, Herbert Beerbohm） 66, 83,88,99,176

ナ行

ナショナル・シアター・カンパニー
（The National Theatre Company） 168,171,181,189,190
夏目漱石
（Natsume, Soseki） 69,70,87
ニジンスカ，ブロニスラワ
（Nijinska, Bronislava） 155,159, 162
ニジンスキー，ワスラフ
（Nijinsky, Vaslav） 149-151,153, 155
『眠れる森の美女』（プティパの作品）
（*The Sleeping Beauty*） 153,154, 159,161
『眠れる森の美女』（パントマイム） 69,162

ハ行

ハウプトマン，ゲルハルト
（Hauptmann, Gerhart） 95,105, 111
『泥棒喜劇』
（*The Thieves' Comedy*） 105
バーカー，ハーリー・グランヴィル
（Barker, Harley Granville） 9,35, 64,70,84,87,92,93,95-99, 101,103,106-110,120,121, 178,187
『プルネラ』
（*Prunella*） 84,87,106
バクスト，レオン
（Bakst, Leon） 147,154
『白鳥の湖』
（*Swan Lake*） 159
バーコフ，スティーヴン
（Berkoff, Steven） 16
ハー・マジェスティーズ劇場
（Her Majesty's Theatre） 6,10,

Society）　98，111
『シンデレラ』
(*Cinderella*)　69，79
シンデン，ドナルド
(Sinden, Donald)　16
スクリーブ，ユージーン
(Scribe, Eugene)　44，49，52
スペイシー，ケヴィン
(Spacey, Kevin)　168，191
スタニスラフスキー，コンスタンチン
(Stanislavsky, Constantin)　147，187
ズーダーマン，ハーマン
(Sudermann, Hermann)　95
ストール（一等席）
(stalls)　47，48，66，122，124，132，179
ストール，オズワルド
(Stoll, Oswald)　115，116，118，119-123，124，128-130，135
ストレートプレイ
(straight play)　24，26，60，70，72，74，84，85，117，118，128，134，168，189，190
ストーカー，ブラム
(Stoker, Bram)　17，19，20
ストッパード，トム
(Stoppard, Tom)　90
『ロックン・ロール』
(*Rock'n Roll*)　90
ストラヴィンスキー，イーゴリ
(Stravinsky, Igor)　146，151，152，154
ストレイチー，リットン
(Strachey, Lytton)　150，152，155
寸劇
(sketch)　76，100，116，126，128，133，
スマイルズ，サミュエル
(Smiles, Samuel)　19
セルゲエフ，ニコラス
(Sergeyev, Nicholas)　158，162
セント・ジェイムズ劇場
(St. James Theatre)　21，44-47，49-51，54，55，57，61-64，66，129，130
聖ジョージ・ホール
(St. George's Hall)　34
ソーンダイク，シビル
(Thorndike, Sybil)　185-187

タ行

ダドリー，スティーヴン
(Daldry, Stephen)　91
ダンカン，イサドラ
(Duncan, Isadora)　154，156
チャイコフスキー，ピョートル・イリイチ
(Tchaikovsky, Peter Ilitch)　146，154
チャーチル，キャリル
(Churchill, Caryl)　91
『チュー・チン・チョウ』
(*Chu Chin Chow*)　153
勅許劇場
(patent theatre)　68，72，143，168
ディアギレフ，セルゲイ
(Diaghilev, Sergei)　144-147，149，150，152-157，159
ディヴァイン，ジョージ

(*King John*) 27,179
『シンベリン』
(*Cymbeline*) 22
『トロイラスとクレシダ』
(*Troilus and Cressida*) 180
『ハムレット』
(*Hamlet*) 21,24,26,27,29,34,38,171,172,177,178,185,187,188,195
『冬物語』
(*The Winter's Tale*) 28
『ヘンリー五世』
(*Henry V*) 185
『ヘンリー八世』
(*Henry VIII*) 36,37
『マクベス』
(*Macbeth*) 22,31,42,172,178,180,185
『リア王』
(*King Lear*) 31
『リチャード三世』
(*Richard III*) 37,83
『リチャード二世』
(*Richard II*) 28,29,35
『ロミオとジュリエット』
(*Romeo and Juliet*) 32
シェイクスピア・メモリアル・シアター
(Shakespeare Memorial Theatre) 99,195
ジェイムズ，ヘンリー
(James, Henry) 9,31,46,58-61
『アメリカ人』
(*The American*) 58
『ガイ・ドンヴィル』
(*Guy Domville*) 59,61,62
『創作ノート』
(*The Complete Notebooks of Henry James*) 58
『ジーザス・クライスト・スーパースター』
(*Jesus Christ Superstar*) 18
『ジゼル』
(*Giselle*) 159
『ジャックと豆の木』
(*Jack and the Beanstalk*) 69,75,76,78
シュトラウス，リヒャルト
(Strauss, Richard) 146
シュニッツラー，アーサー
(Schnitzler, Arthur) 95,96
ショー，ジョージ・バーナード
(Shaw, George Bernard) 31,36,38,64,70,74,95,96,98,99,101,102,104,111
『キャンディーダ』
(*Candida*) 98,111
『人と超人』
(*Man and Superman*) 98
『ジョン・ブルの離れ島』
(*John bull's Other Islands*) 98,102
『バーバラ少佐』
(*Major Barbara*) 98
女優参政権同盟
(Actresses Franchise League) 137
ジョーンズ，ヘンリー・アーサー
(Jones, Henry Arthur) 36
新世紀劇場協会
(The New Century Stage

(Gautier, Theophile) 147, 150
コリンズ，アーサー
(Collins, Arthur) 74
ゴルズワージー，ジョン
(Galsworthy, John) 96, 99, 101, 102
『銀の箱』
(*The Silver Box*) 102
コンス，エマ
(Cons, Emma) 169-175, 177, 181-183, 189, 190, 192
コンメディア・デッラルテ
(Commedia dell'arte) 71, 72, 85, 105, 106, 147

サ行

サヴォイ・オペラ
(Savoy opera) 7, 10, 22, 84, 104, 165
サヴォイ劇場
(Savoy Theatre) 10, 99, 165
サティ，エリック・アルフレッド・レスリー
(Satie, Erik Alfred Leslie) 152
サドラーズ・ウェルズ劇場
(Sadler's Wells Theatre) 10, 30, 42, 159, 189
サドラーズ・ウェルズ・オペラ
(Sadler's Wells Opera) 117, 189
サドラーズ・ウェルズ・バレエ
(The Sadler's Wells Ballet) 160, 161, 189
サリヴァン，アーサー
(Sullivan, Arthur) 22, 165
サルドゥー，ヴィクトリエン
(Sardou, Victorien) 49, 52
『サロメ』(オペラ)
(*Sarome*) 146
シアター・ロイヤル・コヴェント・ガーデン
(Theatre Royal, Covent Garden) 143
シェイクスピア，ウィリアム
(Shakespeare, William) 15, 16, 18, 19, 21-24, 26-39, 41, 42, 68, 84, 94, 96, 99-101, 107, 108, 110, 118, 129, 168-170, 172-181, 183, 185-188, 192-195
『アテネのタイモン』
(*Timon of Athens*) 188
『ヴェニスの商人』
(*The Merchant of Venice*) 30, 31, 36, 177, 185
『オセロ』
(*Othello*) 32, 172
『空騒ぎ』
(*Much Ado About Nothing*) 31-33, 195
『コリオレーナス』
(*Coriolanus*) 31, 188
『尺には尺を』
(*Measure for Measure*) 31, 34
『じゃじゃ馬ならし』
(*The Taming of the Shrew*) 177, 178
『十二夜』
(*Twelfth Night*) 31
『ジョン王』

ギリアム，テリー
(Gilliam, Terry) 114
キリグルー，トマス
(Killigrew, Thomas) 68
ギールグッド，ジョン
(Gielgud, John) 180,188
ギルバート，W・S
(Gilbert, William Schwenck) 84, 165
キーン，エドマンド
(Kean, Edmund) 30,31,68,170, 192
キーン，チャールズ
(Kean, Charles John) 27-29,40
宮内長官
(Lord Chamberlain) 125,126, 128,175
クーパー，アダム
(Cooper, Adam) 140
クラシック・バレエ
(classical ballet) 9,142,146,147, 150,151,153-159,161,162
グリート，ベン
(Greet, Ben) 177,180,183,185
『くるみ割り人形』
(*The Nutcracker*) 159
クレイグ，エドワード・ゴードン
(Craig, Edward Gordon) 21, 149
『芸術世界』
(*Mir iskusstva*) 146
ケインズ，ジェフリー
(Keynes, Geoffrey) 158
ケインズ，ジョン・メイナード
(Keynes, John Maynard) 150, 157,158,160,161
ケンダル夫妻
(Kendal, Mr. and Mrs.) 44,45
ケンブル，ジョン・フィリップ
(Kemble, John Philip) 143
グライン，J・T
(Grein, J.T) 111
クライテリオン劇場
(Criterion Theatre) 6,99
グラッドストーン首相
(Gladstone, William Ewart) 22
グランヴィル劇場
(Granville Theatre) 80
グリマルディ，ジェセフ
(Grimaldi, Joseph) 68,72
グローバー，ジミー
(Glover, Jimmy) 83
グローブ座
(Globe Theatre・Shakespeare's Globe) 28,101, 168,180
ゲイト劇場
(Gate Theatre) 111
ケイン，サラ
(Kane, Sarah) 91
劇場法
(The Theatres Act 1843) 68, 116,125,128,143
コクトー，ジャン
(Cocteau, Jean) 152
国立劇場
(National Theatre) 9,92-96, 98-102,107-109,169,181, 190,195
ゴーチエ，テオフィル

ヴィクトリア女王
(Queen Victoria)　19,22,24,33,
144,168,170
ヴィック・ウェルズ・バレエ
(The Vic-Wells Ballet)　158-160,
189
ウィンダムズ劇場
(Wyndham's Theatre)　63
ウェスカー，アーノルド
(Wesker, Arnold)　91
ヴェドレンヌ，J・E
(Vedrenne, J. E.)　92,99
ウェルメイド・プレイ
(well-made play)　9,44-46,49,
50,52,54,55,60-62,64
ウルフ，ヴァージニア
(Woolf, Virginia)　149
ウルフ，レナード
(Woolf, Leonard)　149
エデル，レオン
(Edel, Leon)　59,61,64
エドガー，デヴィッド
(Edgar, David)　91
MGM
(Metro-Goldwyn-Mayer)　117,
140
エリザベス朝舞台協会
(Elizabethan Stage Society)　34,
98,111
エルガー，エドワード
(Elgar, Edward)　127,128
『エレクトラ』(オペラ)
(*Elektra*)　146
エンパイア
(Empire)　116
オズボーン，ジョン
(Osborne, John)　4,91
『怒りをこめて振り返れ』
(*Look Back in Anger*)　91
オペラへは普段着で
(the Undress for the Opera)
114
『オリヴィア』
(*Olivia*)　20,22
オリヴィエ，ローレンス
(Olivier, Laurence)　171,180,
188,190
オールド・ヴィック劇場
(Old Vic Theatre)　9,107,167-
177,179-192

カ行

カマルゴ協会
(The Camargo Society)　158,
159
『キス・ミー・ケイト』
(*Kiss Me, Kate*)　116
『奇蹟』
(*The Miracle*)　105
ギャラリー(最上階の桟敷席)
(gallery)　7,47,50,61,123,179,
192
ギャリック，デヴィッド
(David Garrick)　68
キャンベル，ハーバート
(Campbell, Herbert)　76,78,80,
82
キャンベル夫人，パトリック
(Campbell, Mrs. Patrick)　55-58,
97

索　引

ア行
アーヴィング，ヘンリー
(Irving, Henry 本名 Brodribb, John)　8,16-21,23-27,29,30-38,42,44,50,100,121
アクター・マネージャー
(actor manager)　8,9,17,18,19-21,27,29,30,35,38,42,44,46,47,50,58,62,88,99,100,104,121,130,143,176,186
『アーサー王』
(*King Arthur*)　22
アーチャー，ウィリアム
(Archer, William)　85,86,92,96,99,101,111
アッピア，アドルフ
(Appia, Adolphe)　149
アデルフィ劇場
(Adelphi Theatre)　21,55
『アニーよ銃をとれ』
(*Annie Get Your Gun*)　116
アーノルド，マシュー
(Arnold, Matthew)　100
アポリネール，ギヨーム
(Apollinaire, Guillaume)　152
『雨に唄えば』
(*Singin' in the Rain*)　140
アルバーン，デイモン
(Albarn, Damon)　114
アルハンブラ
(Alhambra)　116,153
アルマ＝タデマ，ローレンス
(Alma-Tadema, Lawrence)　22
アレキサンダー，ジョージ
(Alexander, George)　9,21,44-52,54-59,61-64,130,176
イエイツ，W・B
(Yeats, William Butler)　96,105
『スープ鍋』
(*The Pot of Broth*)　105
異性装
(transvestite)　69,71,73,80
イプセン，ヘンリック
(Ibsen, Henrik)　55,81,95,96,105,111
『人形の家』
(*A Doll's House*)　56
イヨネスコ，ウージェーヌ
(Ionesco, Eugène)　91
『椅子』
(*The Chairs*)　91
イングリッシュ・ナショナル・オペラ
(English National Opera)　114,117,189
ヴァラエティ劇場
(variety theatre)　9,115-119,123,124,128-130,132-137,140,153
ヴァロワ，ニネット・ド
(Valois, Ninette de)　157-159,189
ヴァンブラ，アイリーン
(Vanbrugh, Irene)　118,127-130,132-133,136

赤井　朋子（あかい　ともこ）
神戸薬科大学准教授（英文学・英国近代演劇研究）
関西学院大学大学院文学研究科英文学専攻博士課程後期課程単位取得満期退学
主要業績：イギリス文化事典編集委員会編『イギリス文化事典』（共著、丸善出版、2014年）、「検閲と階級意識の関係―1920～30年代のロンドン、ウエストエンドの場合―」（『関西学院大学　英米文学』第49巻第1・2号、2005年）、「ノエル・カワードとアメリカ」（『比較文化研究』第68号、2005年7月）、「両大戦間期イギリスのレヴューと興行師C・B・コクラン」（『近現代演劇研究』第1号、2008年）

蒔田　裕美（まきた　ひろみ）
法政大学講師（エリザベス朝演劇研究・比較演劇学）
清泉女子大学大学院人文科学研究科人文学専攻博士課程単位取得満期退学
主要業績：「『終わりよければすべてよし』における結末の歪みの考察―主材源との比較研究―」（『清泉女子大学大学院人文科学研究科論集』第13号、2007年）、"The Reconciliation and the Forgiveness in *Cymbeline*: From Boccaccio to Shakespeare"（『清泉女子大学大学院人文科学研究科論集』第14号、2008年）、「"The Triumph of Time" から "The Triumph of Love" へ―『冬物語』再考―」（『清泉女子大学キリスト教文化研究所年報』第17号、2009年）、「血まみれの「忍耐強いグリセルダ」―『フィラスター』アレシューサ像―」（『英米文化』第40号、2010年）

西尾　洋子（にしおようこ）
明治大学講師（英文学・エリザベス朝文学）
明治大学大学院文学研究科英文学専攻博士後期課程単位取得満期退学
主要業績：「鏡の喜劇―*The Taming of The Shrew* における試み」（『武蔵野音楽大学紀要』第30号、1998年）、「The Illusion of Marginal Characters in *Twelfth Night*」（『横浜商大論集』第39巻第1号、2005年）、「A Natural Perspective in Shakespeare's Plays」（『横浜商大論集』第39巻第2号、2006年）、「Fair な越境者―*The Merchant of Venice* における他者表象」（『國學院大學紀要』第48巻、2010年）

執筆者紹介

藤岡　阿由未（ふじおか　あゆみ）
椙山女学園大学准教授（演劇学・英国近代演劇研究）
明治大学大学院文学研究科演劇学専攻博士後期課程単位取得満期退学、New York University M.A.
主要業績：『演劇の課題』（共著、三恵社、2011年）、『演劇の課題２』（共著、三恵社、2015年）、「グランヴィル・バーカーの『あるべき演劇』考察―『我々の演劇』という公共性の獲得」（『文芸研究』第111号、2000年）、「〈ニュー・ウーマン〉の国際化における異文化とジェンダーのダイナミクス―女優エリザベス・ロビンズの場合」（『椙山女学園大学研究論集 人文科学篇』第45号、2014年）

門野　泉（かどの　いずみ）
清泉女子大学名誉教授・清泉女子大学人文科学研究所客員所員　（英文学・エリザベス朝演劇研究・比較演劇学）
上智大学大学院文学研究科英米文学専攻博士課程後期単位取得満期退学
主要業績：『シェイクスピアの変容力』（共著、彩流社、1999年）、『フィロロギア』（共著、大修館書店、2001年）、『女たちのシェイクスピア』（共著、金星堂、2003年）、『英文学と結婚』（共著、彩流社、2004年）、『英国演劇の真髄』（編著、英光社、2010年）、『ヴィクトリア朝文化の諸相』（共著、彩流社、2014年）

藤野　早苗（ふじの　さなえ）
恵泉女学園大学名誉教授（アメリカ文学）
津田塾大学大学院文学研究科博士課程単位取得満期退学、King's College London M.A.
主要業績：著書『ヘンリー・ジェイムズのアメリカ』（彩流社、2004年）、『ヘンリー・ジェイムズ「悲劇の詩神」を読む』（編著、彩流社、2012年）、『ヒーローから読み直すアメリカ文学』（共著、勁草書房、2001年）、『アメリカ文学に見る女性と仕事』（共著、彩流社、2006年）『アメリカ文学に見る女性改革者たち』（共著、彩流社、2010年）
訳書　エレン・グラスゴウ『不毛の大地』（共訳、荒地出版社、1995）

ロンドンの劇場文化
英国近代演劇史

© 二〇一五年五月二十日　初版第一刷発行

編　者　英米文化学会
監　修　藤岡阿由未
著　者　門野泉　藤野早苗　赤井朋子
　　　　蒔田裕美　西尾洋子
DTP　フォレスト
発行者　原　雅久
発行所　株式会社　朝日出版社
〒一〇一-〇〇六五　東京都千代田区西神田三-三-五
TEL　〇三-三二六三-三三二一
FAX　〇三-五二二六-九五九九
印刷・製本　図書印刷株式会社
ISBN978-4-255-00827-1 C0098
Printed in Japan